目次

序 7
一 流人の姫 13
二 兄妹は刃《やいば》を交える 110
三 雲の行方 184
終 232
あとがき 236

イラストレーション／ＴＨＯＲＥＳ柴本

獣の巫女は祈らない

序

かつて神は地上にいた。

神が死に、土に還《かえ》れば大地が肥える。また死に、海川に溶ければ命の養分となる。さらに死に、空に散れば雲となり雨となる。

神々がこの世から消えていくほどに地上は完成されていった。山河は青く、木々にも野にも花が咲いた。

獣を育て、人を作り、稲穂を実らせ、やがて国となった。

そうして、ほとんどの神が地上から消えた。わずかに残った神は人と交配したという。それぞれの神の特性を残した子を生《な》した。後に水神《すいじん》と呼ばれ、獣神《じゅうしん》と呼ばれ、土神《つちがみ》と呼ばれ――おのおの祀《まつ》られ、それが神宮となった。

神代など、すべては昔語りのはずだった。だが、なんにせよ例外はある。

我が名は琉貴《るき》。

三代前の帝《みかど》が端女《はしため》に産ませた末皇子が祖父。そのさらに末皇子が父。朝廷に顧みられることもない貧しい宮の三人目の娘。

そんなどうでもいい姫に縁談が持ち上がった。

奥見族《おうみぞく》の王に嫁げという。

明日何《あすか》でありながら、王がいる島。帝にとっては許しがたい島。そこの若い王の后《きさき》になれというのだ。

帝は自分の娘には決して命じなかっただろう。皇族の下の下。もっとも低い姫に与えられた使命であった。

頭の上に獣の耳を持つ蛮族だと聞いた。それはそれは強く、彼らが増えれば朝廷の軍を圧倒すると畏《おそ》れられている。

だが、奥見族の子は成人前に死ぬことが多いらしい。それゆえ、明日何の均衡は保たれている。

『ここに帝がいる。他に王などいてはならない』

初めて会った帝はわたしにそう言った。

『死んでくれぬか』

ぬけぬけと言い切った。

『蛮族の分際で王を名乗るなど笑止。王を失えば、必ずや奴《やつ》らは力を失う』

　まるで帝こそが狂った獣のように見えた。

『帝の血を引く姫が后となり、そして非業の死を遂げる。蛮族の王をやめさせるのに、これほどの理由があろうか』

　わたしは黙って聞いていた。人を人とも思わぬ男に強い怒りを覚えたが、家族の運命は奴の手中にある。

　わたしがこの任務をやりきれば、家族の住む宮は豊かになるらしい。

　母はやせ細り、幼い弟は薬ひとつ買えずに死んだ。それほど貧しいのに、わたしは都合よく姫と呼ばれる。

　それでもわたしは怒りを抑える術《すべ》を心得ていた。わたしはわたしが怖かった。生きてよいものかどうかもわからない。

　亡き父から貰《もら》ったこの青い勾玉《まがたま》だけを心の支えに生きてきた。不思議なことにこれを身につけてはいけないのだ。ただ眺め、心を落ち着けるためのもの。触れてはいけない。

　知られないための戒め。

　知られれば死ぬしかない。

　けれども、わたしにはやはり死ぬ運命しかなかった。

　行かなければ下の妹が嫁がされるだけ。体の弱い妹を蛮族の島に送りたくはなかった。

死ぬために嫁ぐ。獣の王を滅ぼすために后となる。

やり遂げてみせよう。

我が名は琉貴。この名は奥見族にとって災神《さいじん》となるのかもしれない。


それからは早かった。瞬く間に支度が整えられていく。

母も兄弟も泣いていた。獣に娘を捧《ささ》げるのだと。これは生《い》け贄《にえ》だと。実際、帝から死ねとまで言われていることは、とても言えなかった。

「良き夫かもしれません。どうか嘆かないで」

家族の前では心にもないことを言って強がった。

確かにわたしは生け贄だ。獣の王に捧げられる。短い一生を帝の道具となって閉じるのだろう。

花嫁の出立である。

わたしは着飾って船に乗った。

この海は普通の船では渡れない。戦艦のように厳《いか》めしく頑丈に造られている船だ。

奥見島への海峡は黒い雲に覆われていた。天に憐《あわ》れまれたかのように雨が降る。荒々しい波に揺られ、あたりはすべて灰色。なんという陰鬱《いんうつ》な光景であろうか。まるで冥府《めいふ》に流されたかのようだ。雲は来る者を拒む。

さすがに悲しく、胸が塞《ふさ》がれた。いっそこのまま海に身を投げ死んでしまおうかと思ったほどだった。

花婿だってこんな女を娶《めと》りたくないだろう。

島の民からすれば厄介なよそ者だろう。

誰も幸せにならない婚礼だった。望まれていない。おそらく、奥見族とて帝の思惑に気付いているはずだ。

きっと獣の王は冷たい目をしてわたしを見る。向こうからはこちらこそ異形《いぎょう》。鼠《ねずみ》一匹狩れない小娘だ。

誰も愛せない。誰にも愛されない。

やはりわたしこそが災い。

自らの境遇ばかりを悲しんでいたが、本当に不幸なのは奥見島だった。わたしの存在は本当に救いがない。

まもなく雲を抜けると、そこに大きな島が見えた。

「美しい……」

わたしは泣きそうになっていた。

中央に高い山を抱く、緑豊かな宝石が海原に浮いている。そこからは命が溢《あふ》れていた。

帝が畏れるわけだ。
（あの美しい島の災いになるのか）
厭《いや》だと思った。
それでもわたしに他に何ができるだろう。都には二度と会えない家族がいる。
願わくば、島よ。わたしを憎め。朝廷に屈するな。
生きとし生けるもの、ここに漲《みなぎ》る。
神獣の末裔《まつえい》たちの島——わたしの死に場所。

一　流人の姫

1

この島には流人がいる。

つまりここが広土から流刑地という扱いを受けているということだ。

その点に関して島の者は当然よく思っていない。古来ここに住む我らへの侮辱――そう感じていた。

ひとつの国として朝廷に恭順の意は示しているものの、奥見島《おうみ》は自治区として認められており、広土とは一線を画する土地だ。

まず神が違う。

〝神は万物に宿る〟は基本として、朝廷は帝《みかど》の先祖を天神として祀《まつ》っている。

奥見島は獣を祀る。熊《くま》も鹿《しか》も猪《いのしし》も鳥も、すべての命を祀る。そして神々の化身をありがたく食す。

何より奥見島の者たちは、姿形が他の民とは違っていた。

奥見とは元々〈多い耳〉からきている。

奥見島の者はほとんどが頭の上に獣の耳を持っていた。人の耳と合わせて四つ。広土の者からは四ツ耳とも蛮族とも呼ばれていた。もちろん彼らからすれば四ツ耳は蔑称《べっしょう》だ。

だが、奥見族は強靭《きょうじん》な肉体を持つ。一人で兵士十人力とも言われ、その戦闘力から広土の豪族たちに傭兵《ようへい》や用心棒として雇われることが多い。その力は女人でも同じだった。

それほどの能力を持ちながら朝廷に従わなければならなかったのは、偏《ひとえ》に子供の死亡率の高さゆえだった。

最強の戦士を揃《そろ》えながら数で負ける。それが奥見族の歴史であった。

押しつけられた流人は島の東にいる。その咎人《とがにん》が流人屋敷に軟禁されて四年が過ぎた。屋敷をぐるりと囲む塀の外には出られない。生きている限り出ることはかなわないのだ。

島の者も滅多には近づかない。食料などを届ける者はいる。あとは島長《しまおさ》ら重鎮が年始の挨拶《あいさつ》に行くくらいだ。

流人屋敷の者は咎人の世話役の乳母《めのと》が一人、そして屋敷の外の小屋に住む門番二人だけだった。いずれも広土から来ており、屋敷で働く島の者はいない。

島長がこちらから挨拶に行くくらいなので元は身分が高い。なんでも先帝の血を引く姫だという。

「あれが流人屋敷」

屋敷が一望できる丘の上に立つと、なぎは腰に両手を置いた。

いろいろ取りつけられる太い革の帯は狩人《かりゅうど》の証《あかし》だ。袖《そで》のない毛皮を着ても高台は風が冷たい。背中には弓矢を、片手に斧《おの》を持つ姿は狩りの途中であった。

門番が小さく見える。他には人は見えなかった。できることなら流人の姫のご尊顔を拝んでみたかったが、いかに目のいい奥見族でもこの距離では無理だった。四つの耳を澄ませど、それらしき声も聞こえてこない。

なぎは十五になる。流人の姫はそれより四つほど下だという。会ったことのある者の話によれば、幼いながらも楚々《そそ》とした見目麗しい姫だという。

それがなんだ。いかに子供であれ、朝廷から押しつけられた厄介者にすぎないというのに。

「おや……？」

屋敷の裏に薄紅色の衣《ころも》を着た小柄な人物が現れた。足下で揺れる下裳《したも》は濃淡の緑が柄になっている。明らかに朝廷風の装束だった。とすれば、あれが流人の姫か。

姫はあたりを見回しているようだった。塀の前でしゃがむと土を掻《か》き分《わ》けた。畑仕事をするような格好ではないが、何をしているのかと思ったら、地面から大きな蓋《ふた》らしきものを持ち上げた。

「これは」

辛《かろ》うじて人が潜れそうなほどの穴があいていたのだ。少女は地べたに腹ばいになると、穴に手を伸ばした。すると塀の外の土がぽんと外れた。

どうやら塀の下をくぐっていける穴だったようだ。

こんなものを作っていたとは。

目撃者の存在に気付かない姫は易々《やすやす》と抜け穴をくぐり、外へ出てきた。ぱんぱんと衣についた土を払う。

解放感に浸っているのか空を見上げる。と、まっしぐらに走りだした。姫とは思えないほど速い。

「驚いた」

急いでなぎは小さな体で駈《か》けだした。

流人を逃がしたとあっては朝廷からどんな難癖を付けられることか。これ以上、島長の頭を白髪だらけにするわけにはいかなかった。

なぎも俊足だが、最初の距離は縮まらない。そのうち姫は森の中に隠れてしまった。

島の奥に逃げても意味はない。木々を抜けて海に向かっているのではないか。

島抜けの手引きをする者がいるとすれば船が用意されているだろう。そこまで組織的な脱走なら島から出ることもあながち不可能ではない。

大事にせず、一人で捕まえねば――なぎはそう考えた。下手に動員をかければ、あの子供が悲観して早まったことをするかもしれない。

身分のある流人は生かさず殺さず、黙って大人しくしてもらうのが一番だ。こういう形で死んでもらっては困る。

なぎはひたすら走った。とっつかまえ、首根っこをひっつかみ引きずってでも連れ戻すのだ。今度塀の外に出たら殺すと脅かしてやる。ちびの姫などそれでたくさん。

多少足が速くとも、閉じ込められている子供に体力があるわけがない。必ず追いつけると踏んでいた。海岸まで出れば見通しもよくなる。

少しばかりなぎは楽しんでいた。

狩りに来て朝廷の姫を狩るのだ。食用にはならなくともこれほどの大物はいまい。奥見族の血が騒ぐというものだった。

明日は月に一度の祈禱《きとう》日だ。一泊で神宮に籠《こ》もらなければならない。こう見えて巫女《みこ》だ。祈りも捧《ささ》げなければならないし、神託も受けなければならない。もっとも、神々の声など聞いたこともないが。

この島では一番強い少女が獣の宮の巫女となる決まりがあった。二年前、十二歳から十六歳の少女たちで競われた闘いを制し、巫女となったのがなぎだった。

日々の祭事があったり、年に二度、夏至と冬至に三日かけて祈禱をしなければならない。こんなに面倒臭いならわざと負けておけばよかったとも思ったほどだが、そこが奥見の血の悲しさ。どの娘も死力を尽くして闘ってしまう。なぎも結局いっさい手を抜けなかった。そのうえ、なぎには勝ちたい理由もあった。

生まれた子供の六割が成人できずに死ぬのだから、奥見族は同胞で殺し合うことができない。子は等しく島の宝だ。

奥見族は大家族のようなもの。結束は固く、獣神を祖としたひとつの血という考えであった。それは島のいいところであり、また閉鎖的なところでもあるのだが。

(逃げた姫とは、大捕物だ)

お籠もりの前の大仕事になった。

目の前に海が広がった。

東側の広土と島を隔てる海だ。荒々しく波が立つ。壮大な眺めなのだろうが、見慣れたいつもの風景だった。

晴れていれば広土が見えるらしい。だがなぎは一度も晴れた空を見たことがなかった。琉貴雲《るきぐも》と呼ばれる重い雲がいつも垂れ込めている。空に鎮座し、風雨を起こす魔物のような雲だ。

なぎは海岸に着くと耳を澄ました。

四つの耳があらゆる音を拾う。顔の横にある人の耳は普通の音を。頭の上にある獣の耳は大気や大地のうねりを。集中すれば離れた足音だって感じる。

「あっちか」

東端は半島状になっていて一部に断崖絶壁《だんがいぜっぺき》がある。もし、流人がそこへ向かっているとしたら危険だ。島では長いこと絶望岬とまで呼ばれている身投げの多い場所なのだ。奥見族は皆戦士だが、心まで鋼《はがね》ではない。そこは広土の連中と変わらない。

流人の姫があそこに向かっているとしたら――。

脱走の目的は島から出ることではなく、最初から死ぬことだったのか。

なぎは舌打ちしたい気分になった。本当に世を儚《はかな》んで身投げなどされてはことだ。厄介者を押しつけられたうえ、責任問題になりかねない。朝廷は残酷でしたたかな卑怯《ひきょう》者ばかり。少なくともなぎはそう思っていた。

あそこから落ちれば亡骸《なきがら》は上がらない。死んだという確たる証拠がないとなれば、よけいにややこしいことになるかもしれない。

断崖に出るには回り道をする必要がある。危ないのは承知で崖《がけ》を登っていった方がいいだろう。

なぎは島から出たことがない。

広土の十分の一もないが、この国ではもっとも大きい島だ。奥見島は自治区として認められてはいるものの、年貢を納め、兵役の人数も決まっている。朝廷としては自治を認めたくなかったようだが、奥見族と戦になどなっては共倒れしかねないため、堪えているといったところだろう。

この周辺は正式にひとつの国となってまだ数十年と経《た》っていない。戦と権謀術数が繰り返され、少しずつ少しずつ国として固まってきたところだった。

奴《やつ》らは優れた戦士として奥見族を雇い入れる。この島の最大の資源は傭兵なのだ。だが、そうして島から人が減る。向こうから来るのは流人か世捨て人だ。

この地で生まれ育ったなぎが、広土の者たちをよく思えないのは当然のことだった。なぎには、弱くてずるいくせに数だけで威張っている連中に思えていたのだ。だから流人などにも少しの同情もなかった。なぎはこの島の誰より奴らに情をかけてはならないのだ。

断崖に近づいたとき、なぎは息を呑《の》んだ。

とぼとぼと歩く少女が見えたからだ。断崖の端へ向かっている。あそこから逃げられるわけもなく、目的はひとつしかない。

やめろと叫べばよけいに早まったことをするかもしれない。なぎは立ち止まり、どうしたものか考えた。やはり自分一人では荷が重かったのか。大人に報《しら》せるべきだったのか。

広土の装束を身につけた少女はゆっくりと進み、ぎりぎりのところで立ち止まった。海からの風を受け、領巾《ひれ》と長い髪が後ろへなびく。

遠目からも白い美しい横顔だった。

その姿はなんともかよわい。こんな子が遠い島へと流され、屋敷に軟禁されていたのだ。そして今、なぎの目の前で命を絶とうとしている。

死なせるものか、となぎは駈けだしていた。

子は島の宝。あの子供が、忌み嫌う朝廷の姫であろうとだ。断じて情ではない。子供を死なせないのが島の教えだ。

少女の頭上では異変を感じたかのように灰色の鳥が一羽《わ》、旋回していた。

断崖の少女が風をその身に受け止めるように両手を広げた。すると、あれほど重く垂れ込めていた琉貴雲が去り、風が止《や》んだ。晴れ渡った空の彼方《かなた》には陸地が姿を見せていた。

(あれが広土)

あるとは知っていたが、初めて見た。それほど琉貴雲が晴れることはなかった。見えないときは得体の知れないもののように思えたが、広土はさほど遠くはないのだ。

空が晴れるのを知っていたかのように流人の姫がさらに一歩前に出た。あともう一歩で落ちてしまうだろう。

見つからないように崖をよじ登れば間に合うかもしれない。そう思ったとき、なぎは信じられないものを見た。

少女が下裳《したも》をまくりあげたのだ。

「……わたしは何を見ている？」

目の玉が飛び出るとはまさにこのこと。

目にしても信じられなかった。

海に向かって雄大な立ち小便をする〈姫〉の姿は。

四年前、乱が起きた。

急死した帝の後継者を二人の皇子《おうじ》が争い血が流された。敗れた孝穂皇子《たかほのおうじ》とその妻子が自害したが、一人だけ生き残った娘が奥見島へ流された。

孝穂皇子の三の姫、そのとき七歳であった。

男子ではなく幼い娘だからこそ殺されず、流刑で済まされたのだ。少なくとも、なぎはそう聞いている。

「……予想外」

流人の〈姫〉を追いかけながらも、なぎは混乱をきたしていた。

こちらに気付くや、流人はすぐさま逃げだした。崖から飛び降りようとはしなかった。

死ぬ気ではなかったのだろう。

さすがに崖から用を足すのが目的だったとも思えない。どこかに手引きした者がいたのか。一度でも情けをかけた自分の甘さを悔いた。あの者の正体がなんであれ、逃がすわけにはいかない。

大きな島だが地理はおおかた頭に入っている。広大な庭のようなもの。よそ者などに逃げられはしない。回り込み、流人の退路を断つ。四つの耳は的確に子供の足音を捉《とら》えていた。こちらは足音を最小限に近づいていく。

射程距離に捉えたのを感じて、なぎは背中から弓矢を取った。

「止まれ」

ぴたりと足音が止まった。

「わたしは弓矢が下手だ。うまく外せない。こちらに来い」

木々の陰から紅色の衣を身につけた〈少女〉が現れた。軽やかな領巾と丹念な刺繡《ししゅう》が施された紕帯《そえおび》が美しい。頭の上には丸く小さな髻《もとどり》、丸い整った顔立ちは愛らしさより凜々《りり》しさを感じさせた。うつむくことなく、じっとこちらを見据えてくる。薄い色の瞳《ひとみ》は少しも怯《おび》えてはいなかった。こちらをキッと睨《にら》みつけてくる。

「私を殺してはいけない」

小鳥のような〈少女〉の声はわずかだが語尾がかすれていた。

「殺さない。流人を殺せば大きな問題になる。島に迷惑をかけるな」

なぎは容赦なく言った。

「見たよね」

「変なものを見た」

「……ごめんなさい」

とりあえず抵抗する気はないのだろう。武器になるようなものも持っていない。目の前にいるのは愛らしい子供だった。実体はなんであれ。

「急に雲が晴れ、陸地が見えて、何か……したくなった」

見えたのは自分を追いだした広土だ。反骨精神がむくむくと湧《わ》いても不思議ではない。少女のような顔をしてなかなか気概があると見える。

「確かに突然琉貴雲が晴れた。もう元に戻っているようだが」

「るきぐも？」

「琉貴姫《るきひめ》という后《きさき》からつけられた。都から来た姫だ。いいから、そこに座れ」

走り回って疲れてしまったようだ。倒れた木に腰をかけるように言う。なぎも向かい合うように座る。

「名は」

「迅衛《じんえ》……でも、この名では呼ばないでほしい」

「本名だと支障があるか。では迅《じん》とでも呼んでおこう。この島の者は皆流人の〈姫〉だと

思っている」

「父からも人前では三の姫と呼ばれていた。今私が男であることを知っているのは、乳母の伊与《いよ》だけだ」

この島の者はもちろん、帝もまんまと騙《だま》されたということか。

「姫だから流人だった、違うか？　皇子なら殺されていたはず。性別を偽り、難を逃れたか」

「何故《なにゆえ》？」

「私と母は父の宮に住んでいなかった。最初から娘だということになっていた」

「……聞いてない」

事が起きる前から娘の方が安全だと思ったということか。

「何をするために逃げた？」

「島を歩いてみたかった」

「……そうか」

「何日か前に奇妙な獣を見た。その姿は金色に淡く輝いて見えた。島には随分不思議な生き物がいるのだなと思ったら我慢できなくなった」

なぎは眉根《まゆね》を寄せた。

「金色？」

「陽光でそう見えただけかもしれない。島の方ならご存じか」

なぎは逡巡《しゅんじゅん》ののち首を振った。

「知らない……。それで探検したくなった？　屋敷から勝手に抜けだしたと朝廷に知られれば命も危ういだろうに」

「あと何年かすれば声も姿も男のものとなり、姫ではないことが露見する。早くなっても怖くはない」

怖がることこそ負けである、とでも言うように胸を張った。

「受け入れて死ぬのか」

「伊与だけは助けたい。だけど、皇子の私は死ななくてはならない」

この幼さで自分の置かれた立ち位置をよく理解しているようだった。

「帝に殺されていいのか」

「よくはない。命を懸けて生かしてくれた母に申し訳ない」

「この島では成人するまで生きられない子供の方が多い。だから、子供を大事にする。いかに敵の子でもだ。朝廷は随分と傲慢《ごうまん》だな」

心からそう思った。

「……今日は楽しかった。どこまでも駈けて海を見て、こうして人と話もできた」

「先のことはわからん。死に急ぐことはない。せいぜい誤魔化しておけ」

迅は愛らしい少女の顔で睨みつけてくる。

「帰ったら島の人にこのことを伝えるくせに」

確かにこれほどの大事を隠すべきではないだろう。しかし、世の中には知らないままの方が得なこともある。

「わたしは何も見なかったことにする。朝廷が気付く前に知っていたとなれば、逆に奥見島にとって不利になるだけ。迅は黙って帰ればいい」

「情けをかけるのか」

小さな誇りが傷ついたのかもしれなかった。

「いいや、こちらの損得だ。朝廷のごたごたなど知ったことではない」

世の中はあっさり変わることもある。今上帝だってぽっくりいくかもしれない。そうなれば権力が根底からひっくり返る。死ぬのは最後の一手でいい。

島の獣娘の言葉をどう思ったかは知らないが、迅はまた唇を噛んだ。

「戻れ。屋敷にいないことが門番に知られたら山狩りになる」

門番は朝廷軍の兵だ。流人の〈姫〉を見張るのはもちろん、島の動向も報告するだろう。

「戻る。伊与が心配している」

「よく謝っておけ。途中まで送るか」

迅を立ち上がらせ、向こうだと方角を示した。

「その額にある花鈿《かでん》は巫女の印。あなたはそうなのか」

「そうだが」

「それなら黄金《こがね》に輝く獣を知っているのではないか。巫女なら」

さっきの否定をあまり信じていなかったようだ。

「広土の者に話すことはない」

島にも島の秘密がある。よそ者に知られることに不安があった。

「大きく白い猫に見えた。でも、普通の猫じゃない。あなたのような耳をして」

「奥見山猫には犬に近いくらい大きいのもいる」

「人が跨《また》がれるくらい大きかった。山から駈けてきて屋敷の近くで止まった」

山……それは炎山《えんざん》のことだろう。だとすればいささか気になる。

「そこまで大きい山猫は見たことがない。いつ？」

「おとといの明け方頃」

その時間だとまだ眠っている者が多いだろう。なぎもおそらく寝ていた。随分と速く走っている夢を見ていた。

神獣の目撃情報はまだなぎの耳に届いていない。

「近づいてくる獣に警戒していたから、塀の向こうでも気付いた。朝廷の密偵ということもあるから」

「密偵？　猫が？」

「一時的に生き物を依《よ》り代《しろ》にすることができる者もいる」

ああ、となぎは肯《うなず》いた。

「イノリとかいう、あれか」

迅は顔を上げた。

「ご存じか」

「聞いたことくらいならある。よくは知らない。だが、密偵ならそんな派手な姿はしないと思う」

「だからこの島特有の獣かと思った」

「……天気が崩れそうだ。行くぞ」

空を見上げ、なぎは木々の中を歩いた。そのあとを迅がついてくる。鼻高の沓《くつ》でよくも走ったものだ。確実に何ごともなく戻さないと島の災いになるのだから、監視を兼ねて最後まで送っていくつもりだった。

「また逃げないとは約束しない」

「脱走はいつか見つかる。男だと知られなくとも抜けだしたことが、おぬしの首を刎《は》ねる理由になる」

「たぶんそういう処刑にはならない。自分で死ねと言われる」

なぎは立ち止まらず、問い返す。

「それが帝の御子の殺し方か」

「違う。私の殺し方だ」

ちょうど木々の中を出たときだった。

雲間から光が差してきて、迅の顔がはっきりと見えた。

不意に凛《りん》と少年の顔をして、その瞳はかすかに色を帯びて見えた。

＊　＊　＊

戻ってきた迅は伊与に泣かれた。

仕える姫がいなくなってしまったことを誰にも言えず、伊与は不安で押《お》し潰《つぶ》されそうな時間を過ごしたのだ。

「死ぬときはご一緒します。どうか一人で逝《い》こうなどとは……」

年配の乳母は袖で涙を拭《ぬぐ》い、痩《や》せた肩を震わせた。今では母にも等しい人だ。この人を悲しませるのはいけないことだ。

「顔を上げて。死のうとしたのではない。ただ島を歩いてみたかった。海を見たいと思っただけなんだ。陸が見えたよ」

「……明日何《あすか》が見えましたか」

伊与は濡《ぬ》れた顔を上げた。

奥見族からは広土と呼ばれる。もちろん奥見島も同じ国の一部ではあるが、迅たちにとって国と言えば、海の向こうにあるあの地であった。

明日何――幾度でも陽が昇り、新しい日を迎える大地。

四年前、迅と一緒に流された伊与も望郷の想《おも》いは消えたことがなかっただろう。当時幼かった迅より遥《はる》かに辛《つら》かったのではないかと思う。

「都の美しさを思いだしまする。春の今頃は都桜が見事でございましょう」

「私はもう少し頑張ってみるから、伊与も普通でいてくれ」

「姫様……」

伊与の手を取り落ち着かせると、迅は自分の部屋に戻った。

一人になると床に足を投げだした。沓で走り回ったせいで、赤くなっていた。女物の沓はもう合わなくなってきているように思えた。

どれほど欺けるものなのか。

露見するのは数日後か一年後か。いずれにしろ遠くはない。じきに男の声になる。

自害などしては向こうの思う壺《つぼ》。死ぬなら殺されねばならない。殺されることで彼らにわずかばかりの恐怖を与えることができるのだから。

一昨日の夜明けだ。眠れぬ夜を過ごし、夜が明けようとしていたそのとき、胸が騒ぐのを感じた。何かが来る。ありえないような輝きを放ちながら。

戸を開け庭に出ると、迅は塀の隙間《すきま》から外を見た。薄暗い荒野に金の光が流れていた。

そこにいたのは白い猫のような獣だった。猫と言い切れなかったのは人を乗せられるほどの大きさがあったからだ。

大猫の耳は毛羽立ち、淡く光っていた。立ち止まって目が合ったようにも感じたが、光線になって走り去っていく。外に出られない迅には大猫を追いかけることはできない。唖《あ》然《ぜん》としたまま見送るしかなかった。

そのあまりの異様さに最初はイノリなのかと思った。だが、密偵のイノリがこんな目立つ獣になるはずがない。海を越えるなら鳥を選ぶだろう。

ではあれはなんなのか。怖くて美しくて、触れてみたかった。

それから抜けだす穴を掘った。伊与や門番に見つからないよう、塀の向こうに行くために、塀の下を掘り続けた。

ここはどんな島なのだろうか。四年もいて何も知らない。島の者たちは獣の耳を持つが、それ以外は自分と変わらぬ人間に見える。といっても、迅が知る島民はわずか。島長ら顔役と食料を運んで来てくれる者だけ。若い娘を見たのは今日が初めてだった。

なぎと名乗った。

日に灼《や》けた肌と黒いきりりとした目が印象に残った。毛皮を身につけ、革の帯には金属の装飾が施されていた。おそらく小柄なのだろうが、都では見たこともないほど勇ましい娘だった。そのくせどこか言葉足らずだ。

奥見族は男女を問わず強く速いと聞くが、本当だったらしい。あっという間に追いつかれてしまった。

間近で見た彼女に圧倒された。生命が迸《ほとばし》るような娘だった。十四、五だろうか。顔立ちにはまだ幼さが残っていた。山猫に似た耳は冠のようにも見えた。

（話し方は男みたいで無礼だったけど）

なんであれ、なぎは見逃してくれた。

迅が逃げだせば、島の責任にされるかもしれない。だけど、本当のところ朝廷にとっては、島の者が殺してくれればありがたいのだ。

島の者もそれがわかるからここには近づかない。なるべく関《かか》わらないように注意する。野菜や魚を運んでくれる者に話しかけてもよそよそしかった。流人の姫、迅子内親王は〈祟《たた》る者〉なのだから。

雨が降ってきた。

ぼんやりと座り庭に咲く花を眺めた。雨に濡れると、赤い日輪菊《にちりんぎく》は一段と美しい。細長い花びらがいくつも重なり、仕掛けが施されたようにくるくると回る。この島でも都でも愛《め》でられている花だ。せめてもの慰めになればと、伊与と一緒に育てた。

その伊与が最近は少し鬱陶《うっとう》しい。

今の迅にとって伊与は唯一人質となりえる存在だからだ。すべてが露見し自害を求められたとき、この身ひとつならいくらでも拒むことはできる。だが、伊与を盾に取られれば迅にはそれもかなわない。

ただ一人の存在はただひとつの弱点でもあった。

なぎには殺されていいのかと問われたが、実際、迅が何者か知っていて殺せる者はあまりいないだろう。

流人の姫はここで一生飼い殺しにされることになっていた。女である限りは。

ここに来て以来、希望を持って生きたことなどない。それでも、強くのびやかに生きるなぎの姿に羨望を感じた。

雲を追い、風とともに走る喜びは、今までの鬱屈した想いまで吹き飛ばしていた。輝くような海の向こうには、確かに故郷があった。

なぎはまさしく獣の神宮の巫女だった。

神に仕える女はふつう夫も持たず、生娘《きむすめ》として一生を終える。

しかし、獣の巫女だけは違う。ここではもっとも強い娘が選ばれるという。実際に集まって闘い、勝ち残った娘が巫女だ。

そして夫を持とうが、子供を産もうが自由。おそらくそれは子供が育ちにくいという奥見族ならではの悲劇のせいだろう。産めるなら、生まれたなら、一人として無駄にはできない。それが巫女でも同じことだという。

都では奥見族を獣人や蛮族などとも言うが、彼らを畏《おそ》れてのことだとも聞いた。伊与は偏らず公正に物事を教えてくれる。いつか〈姫〉の役に立つ日が来ると信じて、読み書きもすべて教えてくれた。乳母ということになっているが、教育係といった方が正しかっただろう。父親は博士だったと聞く。

遥か昔、奥見島とはひとつであった。

神話では神々が宴《うたげ》を催し皆で踊り、そこで何かが起こり、地面が割れていきなり離れたということだが、実際は大きな天災がきっかけになり、途方もない歳月をかけてゆっくり離れていったらしい。

明日何にはいくつかの種族がいて、髪や顔立ち、肌の色など外見が多少違っていたようだ。それも融和が進み、今では大きな差はない。奥見島は離れていただけに、一族の特徴が強く残った。それが獣の耳だ。

伊与から多くのことを聞き、勉強もしてきた。

「もう子供でいてはいけない」

自分の目で、手で、足で、世の中を知りたかった。

今日の脱走は様々な想いが混じり合い溢《あふ》れてしまった結果だ。何もかも楽しかった。

（……私は外の楽しさを知ってしまった）

やっと〈少年〉を体験した。

2

なぎは曾祖母《そうそぼ》のあさぎと二人暮らしであった。

母はなぎを産んで亡くなり、父は四年前、都に衛兵として赴き戦死した。当時起こった帝位を巡る乱に巻き込まれたのだ。

その乱で迅は奥見島に流されてきた。父は帰らぬ人となり、代わりに来たのがあの子供だったわけだ。

兄が一人いるが、これもまた父の死後まもなく島を離れた。傭兵になったのだ。

去年一度、まとまった金子《きんす》を送ってきているので、おそらく生きてはいるだろう。それ以来、文《ふみ》ひとつよこさない。

「なぎ、これから宮参りだろう」

あさぎが裏の畑から戻ってきた。笑ったまましわくちゃになったような顔だが、これでもまだまだ薪割《まきわ》りもする。朝も日の出とともに起きて、すでに一仕事をこなしていた。家のことに関しては曾祖母の方がてきぱきと動く。

「うん。明日まで戻らないが、大丈夫か」

「困ることは何もないよ。務めを果たしてきなさいな」

あさぎもかつては巫女だった。巫女といっても、なってしまえば二十年以上はやる。退けば、島の顔役の一人だ。奥見族は六十まで生きられれば御の字。曾祖母は八十を過ぎていて、長老の扱いになっている。

「ばっちゃ、神獣を見たことはあるか」

昨日からそれを訊《き》いてみたかった。

「夢の中でならな」

「夢でしか見られないものなのか」

「巫女はそうだよ」

流しに収穫した野菜を置き、曾祖母はやれやれと上がり框《かまち》に腰をおろした。

「ばっちゃは何を見た」

「あれは鹿だったのかねえ。大きくて、ほんのり光ってた。正直言うとあまり覚えてないんだよ。全体が見えてないような感じでね。何しろ昔のことだからね」

五十年以上も前のことだけに曾祖母の記憶はあいまいだった。

「思いだしたら教えてくれ」

「そんなことに興味があるのかい」

「わたしは巫女だ。知っておきたい」

「おやまあ、少しは自覚が出てきたのかね」

頭の手拭《てぬぐ》いを取って汗を拭《ふ》く。

「滅多に見ることはないんだよ、たとえ夢でも。でも、見たのなら気をつけなさい。そりゃあ出るだけの意味があるんだから」

「わかった。じゃあ、行ってくる」

荷物を背負って、なぎは家を出た。

獣の神宮は島の中央に鎮座する炎山の北東の麓《ふもと》にある。そこまで歩いていき、草を刈り掃き清める。あとは型どおりの祈りを捧げて、その夜は宮で眠る。巫女の仕事はほとんどが宮の維持管理にある。壊れれば、大工仕事もする。少なくともここではそうだった。

「なぎ、こっち」

近所に住むふちかが手を振っていた。一緒に神宮に行くことになっている。ふちかは巫女代である。何かあったときには巫女の代理を務める。祭事のときはこうして付き合ってくれていた。

「ふちか姉《ねえ》、世話をかける」

「いいのよ、野良仕事より好き」

女の年長者には姉をつけて呼ぶ。男の年長者なら兄《にい》だ。広土と違い、ここには身分はないが、目上を敬うのが島の掟《おきて》だった。

「夏になったら祭事には付き合えないもの」

ふちかはもうじき交わり月を迎えるのだ。

「厭《いや》じゃないか」

「別に。伝統だしね」

十八になった娘は初夏の夜、しばらく家の外で寝る。男が来たらよほど嫌いでなければ、とりあえず受け入れる。手っ取り早く懐妊するためのことだ。ある意味夭折《ようせつ》しやすい奥見族の知恵だった。

たいてい数人の男が通ってくる。誰の子かわからなくなることも時にはあるが、女は一番気に入った男を父親に指名できる。そうして夫婦となる。島の子という考えなので、誰の子かということはあまり問題ではなかった。ただし、今では交わり月をせず、好き合ってそのまま夫妻になる方が多い。奥見族が短命なのは知らず知らず近親婚となり、それゆえの血の濃さが一因ではないか、という考えが広まってきたためである。

「わたしはまだそこまで腹をくくれない」

「なぎはどの男でも選べる立場だもの。気にしなくてもいいでしょう」

巫女にはその権利がある。しかし、それを行使したいと思う男には、まだ出会っていない。

「わたりはどうなのよ」

厭な名前を出され、なぎは顔をしかめた。

「調子がよくて好きになれない」

それにわたりはこちらに好意など抱いていない。あの男の頭にあるのは利益と効率だ。

「油断ならないところがあるものね。でも、島長の次男坊だから悪い話じゃないと思うけど。ねえ、それよりしぎは帰ってこないの？」

今度は都で傭兵となった兄の名前が出た。

「聞いてない。兄者はこの島が嫌いなようだ。もう戻らないかもしれない」

なるべく淡々と答えたが、なぎの心は複雑だった。島全体が家族といっても、やはり兄だけは特別だった。

「えー、しぎに通ってほしかったなあ。残念」

ふちかは通ってくる男たちの中に兄がいてくれればいいと思っていたらしい。

「兄者は何を考えているかわからない」

「そこがよかったのよ」

そんなものなのか。なぎには理解できなかった。だが、ふちかが兄と一緒になってくれるなら素直に嬉しい。

この島は大きな家族だ。だが家族で起こったことこそ実は根が深く、長引く。それは迅の父と今の帝の間に起きた乱を見てもわかることだった。

「行くか」

なぎは山を見た。

炎山と呼ばれるが、幸い火を噴いたところは見たことがない。長老のあさぎでもそうだ。数百年眠っているという。

島のほぼ中央に鎮座する美しい形をした山だ。川を造り、多くの獣を育《はぐく》み、島に恵みをもたらす。神宮も山の麓にあり、いわば霊山であった。

「広土の巫女なら輿《こし》か何かに乗って神宮に行くのかしら」

「たぶんそこに住んでいるのではないか」

明日何に神宮がいくつあるのかも知らないが、巫女は白い肌をした麗人なのだろう。間違っても山を駈け巡って猪を追いかけたりしない。

(きっと、あの流人の〈姫〉のようなきらきらしい者たちだ)

もっとも、あの者は姫ではなかったわけだが。

「ふちか姉の親父《おやじ》様は流人屋敷に雉鳩《きじばと》を運んでいなかったか」

「ときどき運んでるわよ。あそこのお姫様はとても可愛《かわい》らしい子みたい。ちゃんとお礼を言ってくれるんだって。門番が目を光らせているから、挨拶程度しか話せないらしいわ」

やはり誰も姫であることに疑問を持っていないようだ。なぎから見た限り、迅はけっこう気が強いように思えたが、そこはお姫様として振る舞っているらしい。

「可哀想《かわいそう》だよね。子供なのにあそこから一生出られないなんてさ」

山道で二人。こういうところでないとなかなか流人のことは話題にできない。大人の男たちに止められてしまう。

「帝位を巡る争いで先帝の第一子の方が敗れたと聞いた」

「そうよね、負けた方が大兄《おおえ》だったのよね。結局は有力豪族が推した親王が強いって話だし、何ごとも後ろ盾なのよ。でも珍しい、なぎが朝廷や流人のことを話題にするなんて」

「その争いで父は死んだ」

そうだったわね、とふちかは応《こた》えた。

「あの時期に兵役にさえ行ってなかったら」

そう、運が悪かった。だが、いつだって民は朝廷がもたらす〈運〉に振り回される。

「あれは？」

なぎは山の中腹にたくさんの鳥が集まっているのに気付き、指さした。同じ所で群れて飛んでいる。

「さあ、わからない。鴉《からす》ではないようだけど何か獣の死骸《しがい》でもあったのかしらね」

おそらくふちかの言うとおりなのだろう。だが、少しばかり厭な予感とやらが胸でざわめいていた。

なぎはその不安の正体を神に訊《たず》ねようと思っていた。何も答えは得られないのだろうが、巫女として神託を求めないわけにはいかない。

ざくざく草木を分け、二人は神宮に向かった。獣の宮とはいえ、いささか放置が過ぎる気もする。他の神宮なら、こんなことはないだろう。中の手入れもおおかた巫女のなぎが一人でやっているのだ。

「やだ、鳥が増えてきている」

ふちかは空を見上げて眉根を寄せた。

「夏の花が咲いている」

鳥の群れの下に白い花が咲いていた。夏椿《なつつばき》で、まだ集落でも咲く時期ではない。

「狂い咲きもあるでしょうよ。さ、足を止めないで進みましょう」

確かに木によって開花に差が出るのは珍しいことでもない。引っかかるが、今向かうには遠い。山の天気は変わりやすく、空にはうっすら雲がかかっていた。

細い山道を進み、神宮に着くと随分と草に埋もれていた。

「大変だわ、すぐ伸びるんだから」

ふちかが唇をとがらせた。まずは草刈りから始めるのが常だ。

「琉貴姫の話を知っているか？」

唐突に訊かれ、ふちかが振り返った。

「そんなもの誰でも知っている昔語りでしょ」

そのとおり、この島でその昔話を知らないものはいない。

「島に王がいた頃、朝廷から帝の遠戚《えんせき》にあたる姫が嫁いできた。琉貴姫といい、うら若い美姫《びき》だった。しかし彼女は島になじむことなく、夫を獣の王と恐れ床を共にすることもなかった。そしてわずか一年ほどで例の岬から飛び降りてしまい、亡骸も上がることはなかった」

ふちかは簡単に物語をまとめた。島と広土を隔てる海の上を厚く覆う雲を琉貴雲と呼ぶようになったのはそれからだという。姫が身を投げたその日だけ空は晴れ渡り、翌日幕を引くように再び雲に覆われたからだ。

「莫迦《ばか》にしてるわよ。人のこと蛮族とか」

琉貴姫を畏れても供養する気持ちがないのはそのためだ。都から来て島を蔑《さげす》んだ女など憐《あわ》れとも思いたくないのだろう。たとえ自ら身を投げたとしても、島の者としては災いをもたらした者に同情の余地はない。

「でも急に変な話するわよね、今日は」

どうしたのよ、と顔を近づけられた。

「巫女としてこの島の過去や朝廷との関係も知っておきたいと思った。そういう知識がないと、もし神託を受けても意味がわからないかもしれない」

広土の巫女なら教育を受けるのだろうが、なぎが学んだのは祈禱の文言と手順だけだ。

「なるほどねえ。なぎっていやいや巫女をやっているように見えたけど、ちゃんと考えるようになったんだ」

ふちかは曾祖母と同じように感心する。

降嫁と流人の違いはあれど、琉貴姫も流人の〈姫〉も雲を払ったのだ。偶然とばかりも思えなかった。

「わたしには神託を聞く力がない。神獣を見たこともない。せめて少しは」

「仕方ないわよ。イノリじゃあるまいし」

「結局イノリとはなんなのだ」

御所に軟禁されている異能の神官だと聞くが、詳しいことはよくわからない。

「さあ。瞳が翡翠《ひすい》のような色をしていて、神にも似た力を持つとか。それくらいしか知らないわよ。帝もイノリだけは畏れてるんじゃなかったかしらね」

「生まれつきのものか」

「そうなんじゃない？　滅多にいないけど、男女を問わず、どこにでも生まれる可能性はある。見つかったら捕らえられ、帝に仕えるんだって。でも生来体が弱い者が多いから長生きはしないそうよ。昔は見つけ次第殺してたっていうから、それで逆に祟られてしまって、手元で閉じ込めておくことにしたんじゃないの」

そんな話をしながら草を刈り、なぎとふちかは階段を上った。この上にある祈りの場でなぎは一泊二日を過ごす。神々とともに、山とともに、獣とともに。世俗から離れ、声を聞く——ことになっている。

紐《ひも》が通された瑠璃《るり》色の勾玉《まがたま》が置かれている。

深海や星空を思わせる深い青は何度見ても美しい。ここで神宮らしきものといえばこれだけだった。

「それ琉貴姫の勾玉よね。ほんと怖いくらい綺麗《きれい》よね。こんなふうに置いてよく盗まれないものだわ」

「島の者はそんなことをしない」

獣の神宮に教義があるとすれば、それはただひとつ、島を守ることだ。だからこそ、島は朝廷の干渉を嫌う。たとえ排他的と言われようとも島には島の考えがある。

王の后を押しつけられたのも、罪人を流されるのも、島にとっては屈辱だった。それは朝廷への服従の証なのだから。

「琉貴姫の遺品をここで預かるしかなかったのも仕方ないわ。捨てるわけにもいかない、誰も預かりたくない。なぎは気味悪くない？」

「わたしはこの勾玉が好きだ。悪いものとは思わない」

「それはやっぱり巫女だからかもね。前の巫女様、去年亡くなったけど、同じこと言ってたみたいよ。あさぎ様はどう?」

「今度訊いてみる。まずは水を汲《く》んでくるか」

近くの沢から水を汲んで火を熾《おこ》し、掃除をして、二人の乙女が祈禱を捧げる。いつになくなぎは真剣だった。神がいるものなら声を聞きたかった。島の安寧を祈るだけでは所詮《しょせん》一方的なものなのではないか。

流人が男だったことで島に厄介ごとが増えるのか。

何かよからぬことが起きようとしているのではないか。

気になっていることを心で問い掛けてみる。炎は揺れるが、そこから答えは見えない。巫女とはきっともう少し霊感がある者がやるべきなのだ。

(命じよ、わたしはどうすればよい?)

目を閉じ、そう問うた。

(わたしにやるべきことがあるなら——動いてやる)

巫女の言い方ではないのだろうが、このくらい強く訴えなければ届かない気がした。

一とおり祈禱を終えると、ふちかは宮の外に出て大きくのびをした。

「ふう。たいしたことしてないのに疲れるよね」

炎の熱のせいだろう。ただそれでも祈りを捧げていると、そこは神域で独特の空間ではあった。

「じゃあ、わたしは戻るわ」

狩りや漁に出なくとも畑はやらなければならない、水も汲まなければならない。やることはたくさんある。

「ありがとう、ふちか姉。気をつけて」

「なぎも気をつけなさいよ。こんなところに一人なんだから、何が起きてもおかしくないからね」

これよりふちかは帰り、なぎ一人となる。強い娘が巫女にならなければいけないのはこのためだろう。山中で夜も一人。自分の身は自分で守るしかない。

「心得ている」

そのために、神宮には槍《やり》も弓も揃っていた。

「あ、もししぎが帰ってきたらわたしのところに通うよう勧めてね」

「……うん」

とりあえず答えておいた。どうせ兄が帰ってくることはない。

ふちかを見送り、なぎは階段に座った。一人でここにいるときも嫌いなわけではない。何しろのんびりできる。

さきほど見えた鳥の大群はまだ同じところにいるようだ。獣の死肉をあさっているにしては長いように思える。

行って確認したいところだが、火を絶やさないのが決まりになっている。火の番としてもここにいなければならない。消えるだけなら誤魔化しもきくだろうが、万が一山を燃やしてしまったら大変なことになる。かつて落雷から大きな山火事も起きたらしい。

それにしても兄者とは。

ふちかも随分と浮《うわ》ついた話をするようになったものだ。交わり月を前に、年頃になったということなのだろう。

なぎにはそのへんの気持ちはよくわからなかった。わたりなど冗談ではない。常に自分が得をすることしか考えていない奴だ。しかも人のことをちび呼ばわりする。いかに島長の次男坊であろうと願い下げだ。

（しかし、この鳥の音は……）

鳥の声に耳を澄ました。耳障りで殺気だったような声音に聞こえる。何種類もの鳥が混ざっているようだ。

この島では鳥も獣だという考えだ。そして、人も獣という定義があった。だからここは、人を祀る神宮でもあるのだそうだ。

「神々は土となり、水となり、草木となり、獣となり……か」

そして人にもなった。そんな話は幼い頃から聞いている。

なぎは宮に戻って横になった。炎を眺め、流人の〈姫〉のことを考える。性別などという声や外見でもわかることが、ずっと露見せずにいられるわけもない。この先何かが起こるのだ。

炎は揺らぐ。

巫女の祈りが届くのなら、応えてほしかった。


これは猫？

脚の形がそんなように見えた。茶色の毛に黒い筋がつく奥見山猫とは違って、これは白い。そして淡く光を帯びていた。

神獣だ。

自分は今眠っていて、夢の中で神獣を見ているのだ。

だが、さきほどから前脚がちらちら見えるだけだった。全体像が見えない。なのに走っているのがわかる。

（もしかして、わたしが獣になっている？）

不思議な夢もあったものだ。

颪を置いてきぼりにするほど速く駈けている。そして跳んだ。山猫が、崖から、海をめがけて。

（落ちる！）

その一瞬の恐怖に耐えかね、目が覚めた。

顎《あご》の下の汗を拭いながら、なぎは体を起こした。獣の宮は静まり返っていた。篝火《かがりび》が揺れているだけだ。

あれは絶望岬だったように思う。確実に死にたいときに行く場所だ。何故、そこを跳んだのか。

あんなに怖いものなのだ。それでもあそこから跳ぶ者の絶望とはどれほどのものか。

そのとき、頭の上の耳が反るようにぴくりと立ち、向きを変えた。

草が音を立てたからだ。颪ではない。何かが踏む音だった。なぎは静かに立ち上がり、宮の中に置いた武器を手に取った。薙刀《なぎなた》や弓もあるが、なぎが使うのは斧だった。間合いを取れる柄の長い斧だ。他に短剣も帯にねじ込む。

（……数が多い？）

斧を構え、宮から出た。

外はかなり暗くなっていた。夜になりかけた山が押し迫ってくるようだ。空には星が見え始めている。地上にぎらつく獣の目。向こうがこちらを狩りに来ている。

猪に山犬……熊もいるかもしれない。周りを取り囲んでいるようだった。奴らは階段も上がってくる。立て籠もるのもありだが、数が多いと破られる可能性もある。神宮を守らねばならない。

獣の巫女の役目は結局それだ。だから強くなければならない。腹立たしい話だが、仕方がない。階段の上で、敵を待ち構える。耳を澄まし、目を凝らす。奥見族の優れた五感をすべて使い、一頭ずつ討ち取っていくつもりだった。

（来たっ）

なぎは突進してきた大きな猪を斧で薙《な》ぎ払《はら》った。血を流し、転がっていく猪に代わり山犬が二頭飛びかかってきた。

「来るなっ」

気合もろともすばやく二頭を突く。

普通ならこちらの強さがわかれば少しは怯《ひる》むものだが、獣たちは次々と襲いかかってくる。困惑する暇もなく、なぎは倒していった。山の獣が全部現れるつもりなのかと思うほど数は減っていかない。

「なんで……！」

想定できなかった事態に、なぎは俄《にわか》に恐怖を覚えた。狩りでももちろん危機はあったが、たいていは大人と一緒だった。今ここには自分しかいない。

暗さが増す。四頭目の猪を薙ぎ払ったとき、なぎは足を滑らせた。獣の血が階段に流れていたためだ。弾みで斧の柄が折れてしまっていた。

倒れたなぎに一頭の大きな山犬が襲いかかってきた。一か八か折れた斧で応戦しようとしたとき、山犬の体に背後から短い鉄の矢が突き刺さった。

「早く立てっ」

聞き覚えのある男の声がした。正面にある木の上から続いて矢が放たれ、そばにいた猪に当たる。

「わたりか」

厭な奴だが、今は助かった。なぎは腰の斧を摑《つか》むと、獣めがけてこちらから襲いかかっていった。

二人で戦うことでようやく優勢となり、獣たちは山の奥へと消えていった。

疲れ果てたなぎが階段に座りこむと、木から若い男が下りてきた。金属の装飾を施した手甲を付けて、耳の出る帽子をかぶっている。着物の柄は女より派手で、長い革靴ときたら毒蛇のような色をしている。そんな格好で、どうだい助かっただろと言わんばかりの顔をしているのだ。なんとも忌々しい。

「どうだい、助かっただろ」

予想どおりの台詞《せりふ》を吐かれた。わたりは弓の腕だけはいい。普通の弓と引き金がついた弩《いしゆみ》も使う。弩は自分で改良を重ね、軽量小型化させている。

「何故《なにゆえ》、ここにいる」

　ここは山だ。こんな時間にこいつ一人がいるのは絶対におかしい。表情や顔からして胡《う》散臭《さんくさ》い奴だが、それを抜きにしてもおかしい。

「いやいや、まず礼だろ。俺に感謝は？」

「助かった。でも気に入らない。もう夜だ」

「まずは外にも火を置かないか」

　獣に刺さった矢を回収しながら、対策を提案してきた。

「……そうだな」

　立ち上がると枯れ枝を集め、宮から火を借りてきて焚《た》き火をした。あたりが炎で明るくなると、獣の死骸と血が目に付く。

「神宮が血で穢《けが》されたな」

「血は穢れではない、ここは獣の宮だ。もちろん掃除はするが」

　階段の汚れが落ちるかはかなり怪しいが、こういうことは前にもあった。ただ今回は獣の数が多すぎた。しかも種族の違う動物が一緒に襲うというのは初めてだった。

「いつもこんなことになっていたのか」

「来ても一頭か二頭。これは異常だ」

「ふうん。山が落ち着かなくなっているのかもな。鳥の大群も異様だった」

「あれを見たのか」

「ああ、夏椿まで咲いていたな」

ふうむと考え込む。わたりとは関わりたくないが、ここで話せるのはこの男しかいない。

「まさかそれを調べに来たのか」

「え……あ、まあそう」

なぎは半眼で吐息を漏らした。

「嘘《うそ》だ。わたりはわざわざ神宮に来た。ふちか姉が帰ればわたし一人だ」

「心配だったのはある」

「違う。夜這《よば》いが目的だろう」

わたりは苦笑して後頭部を掻いた。

「いや、そこまでは。俺も命は惜しい。それに手を出すにはおまえはまだ子供だろ。同い年の娘たちより小さいくらいだ」

子供扱いされるとそれはそれでむかつく。ただ島では幼い出産を忌む。それは少女たちの体を守るためだ。だからこそ十八歳からの交わり月が定められている。

「助けるのが遅すぎた。ぎりぎりまで放っておいたな」

その方がありがたみが増す。わたりなら考えそうなことだった。

「弓をふたつ持っているんだ、木に登るのに時間がかかるんだよ」

「すぐに加勢しなかった」

「俺は最小限の労力で戦いたい方だ。おまえと一緒に地べたで襲われては意味がない」

あっさりと言われ、なぎは苛立《いらだ》った。

「言うと思った。とっとと帰れ」

「おいおい、夜の山を一人で下りるとかできるわけないだろう。泊めてくれよ」

「巫女が神宮に大人の男を連れ込めるか。いくら獣の宮でもそれはできん。帰らないなら、わたりはそこで朝まで火の番をしていろ」

「まあ、それでもいいが。宮の中も乱れているぞ、片づけてやるから、おまえは少し血を拭け」

言われて自分の手を見た。獣の血が爪《つめ》の中まで入り込んでいる。顔にも血飛沫《ちしぶき》がついているのだろう。なぎは黙って肯くと、階段の下に置いてある桶《おけ》の水で手拭いを濡らした。

顔から首、手を拭く。

雲間から月が見える。鳥の群れは消えたようだが、少し奇妙な臭《にお》いがするようだった。

（なんの臭いだ……？）

血ではない。

臭いといってもかすかなもので、なぎには判断がつかなかった。ざっと体を拭き終え、宮に入る。すでにわたりが落ちていた杯などを片づけていた。

「これが琉貴姫の勾玉か」

わたりが勾玉を指さした。

「触らぬ方がいいぞ」

「また随分古い物が残っていたものだな」

「おそらく百年ほどだ。そこまで昔の物でもない」

子が育ちにくいというのは王であっても同じこと。彼らの血統は途絶えてしまった。最後の王は朝廷から押しつけられた姫を迎えなければならないほど権力も弱っていたということだ。

「身を投げてまで王制を潰《つぶ》してしまった女だ。この島を恨んでいたんだろうな。それでここに預けられてるんだろ」

「それが目的だったと?」

「そういうことだよ。琉貴姫は死にたくなんかなかっただろうがな。朝廷は王制の廃止と自治権を引き替えとしたらしいぞ。確かに王の直系はいなくなったが、傍系ならいた。うちもそうだ。王制の存続は可能だった」

なぎは怪訝《けげん》な顔をした。

「島に圧力をかけるために頃合いを見て死ねと言われて、実行したというのか。死ねと言われて死ぬ奴がいるか」

「いるんだよ、広土にはいくらでも。おまえだって家族を人質にされれば突っぱねるのは難しいだろ？」

「……人質」

若い娘にそんな酷《むご》いことをするものなのか。しかし、実際迅への仕打ちを思えば、ありうることなのかもしれない。

「世の中はそんなもんだ。巫女様だってそのくらいは知っておけよ」

物知らずの小娘に教えてやったと言わんばかりの態度になぎはカチンときた。

「見てきたように言うが、人の心など誰にもわからん。琉貴姫が王を慕ってなかったと何《なに》故《ゆえ》言える」

少しばかりムキになって言い返した。

「物知らずの小娘に教えてやる。広土といっても地域によっていろんな人間がいる。その昔、残されたいくらかの神が最後に人と交わったかららしいな。奥見族が獣神の遠い子孫なら、他の神の末裔《まつえい》もいるってことだ。眉に唾《つば》をつけたくなるような話だがな。つまり逆に言えば神の特徴が残ってるんだから由緒正しいようなものだが、朝廷の連中は奥見族を蛮族としか思ってない。姫様にしたらそこに嫁に差しだされるなど恐怖で屈辱なんだよ。

流人屋敷のお姫様だってそう思っているさ。だからこそ流刑地にされている」

そのへんのことはなぎだってわかっている。

「もういい。わたしは夜の祈禱をして寝る。外にいろ、入ったら――」

「獣みたいに唸《うな》るなよ。物騒な小娘だな」

宮から出され、わたりはぼやいた。

当たり前だ、獣の巫女なのだから――。

揺らめく炎を眺め、なぎは供え物の赤桃に囓《かじ》りついた。


祈りが見える。

それだけではない。あの山から意志すら感じる。

迅は廊下に座り、月明かりにかすかに浮かぶ夜の山を眺めていた。塀の内側からでも見えるのは空とあの山だけだった。島の中央にあるという炎山だ。迅にとってはまさに島の象徴だった。

昨日は木々の間を駈け抜け、大きな海も見た。今はまた空と塀の向こうの山だけが慰めとなっていた。

月明かりで仄《ほの》かに見える山から祈りが伝わってくる。なぎが祈禱をしているのだろう。

それがかすかな大気の揺れとなっていた。やはり巫女とは神々に選ばれたものなのだ。そして、それとはまた別に山に違和感を覚えていた。それがなんなのかまではわからない。もう少し近づければわかるのかもしれないが。

髻をほどき、廊下であぐらをかいてみた。

普通に育ったならこのように男の格好をしていただろう。うっかりやってしまい門番に見つからないよう、ずっと正座してきた。たぶん、人間は男の方が楽だ。

ずっと女になりすまして生きていけるわけもなく、母は何故我が子の性別を偽ったのだろうか。父もそれに同意したのか。

(何か、見えたのだろうか)

それしかない。母はイノリだったのだから。

だから母は軟禁されていた。子供が外に出ることがなかったのもそのためだ。その頃から伊与がついていてくれたが、今となっては記憶もおぼろだった。

先帝が急死したあとすぐさま乱となった。先帝の第一子だった父孝穂、その同母弟の葛城《かつらぎ》、そして先帝の異母弟三船《みふね》との争いとなった。それぞれの皇子に後ろ盾の豪族がいて、いわば代理戦争の様相を見せてきたとき、三船皇子が降りて葛城についた。これにより一気に孝穂皇子は追いつめられ、敵兵に屋敷を囲まれた。ついには妻子とともに自害をして果てたのだ。

『自害ではなく、殺されたのです』

伊与はそう言っていた。幼い迅には何が本当かわからない。だが、同腹の兄を殺したというより自害の方がまだ外聞がいいのは確かだろう。殺した者は殺されても仕方がない。それが明日何の人々の根底に流れる理念だ。

母もまた我が子の命乞《いのちご》いのために自害し、迅はここにいる。母に見えたものは生まれた子が男か女かで違う宿命だったのだろう。少しでも長く生きてほしいと願ったのか。

（外に出たい）

迅は夜空を見た。

なぎと名乗ったあの娘のようにもう一度走り回ってみたかった。獣の巫女をやるほどだ。どれほど強いのだろうか。毛皮を纏《まと》い、弓矢を背負い、腰には斧を下げていた。野山を駈けまわり、日々の糧《かて》を得るのだろう。囚《とら》われの身にはあまりにも眩《まぶ》しい。

「あらまあ、姫様。お風邪を召します。戸を閉めてくださいませ」

やってきた伊与が驚いた。

「それにあぐらをかくなど、お行儀が」

「だって私は」

唇をとがらせた。伊与はさようでございますねと微笑《ほほえ》む。

「姫様のお好きなように。でも、夜は冷えますから閉めましょう」

伊与もまた、この生活がいつまでも続くわけではないことをわかっているのだ。

「でもわたくしはまだ諦《あきら》めてはおりません。姫様にはきっと使命がございます。それまではどうか慎重に」

伊与は手をついて頭を下げた。昨日のことがあったので、心配でならないようだ。申し訳ないとは思うものの、迅は機会があればもう一度外に出てみたいと考えていた。なんだかんだいってもまだ子供でその気持ちは抑えられるものではない。

「楽しかったんだ。この島は綺麗だったよ。いつか伊与を案内してあげたい」

「……姫様」

涙ぐむ乳母が冷えないように、迅は戸を閉めた。

月が雲に隠れ、山も見えなくなる。灯《あか》りとなる油も無駄にはできない。獣の巫女も祈りを終えたようだ。今宵《こよい》、共に良い夢を見ることを願って。

3

窓を開け、なぎはくんと朝の匂《にお》いを嗅《か》いだ。山はやはり草が濃い。

昨夜見た夢の続きを見ることはなかったが、あの感覚だけは鮮烈に覚えていた。

「おいっ、起きているなら出てこいよ」

宮の外から声がした。

「わたしは昨日の鳥の群れがいた場所に行ってみる。帰って寝るといい」

外に出ると、そう言った。眩しさに目がかすむ。わたりが眠そうな顔をしているのはずっと番をしていたからかもしれないと思った。今は弩の手入れをしていた。この仕掛け弓は調整が難しいらしい。

「見ろよ。夜明けと同時にまた集まってきた」

わたりの指さした先に、鳥が数羽飛んでいた。白い花をつける夏椿の上だ。

「やはり行かねばならぬな」

気になってならない。後片付けをしてすぐに向かった方がよさそうだ。

「一緒に行こうや。一人だと何が起きるかわからないだろう」

「わたりとは信頼関係がない」

「ゆうべ、俺に助けられたくせに？」

恩着せがましさに苛立ち、睨みつけてやった。

「一緒に狩りをしたとき、熊に遭遇したわたしを見捨てた」

すたこらさっさと逃げていった後ろ姿を忘れられるものではない。あの絶望は骨にまで刻み込まれた。

「いやいや、なんでそんな昔のこと。あれは子供のときだろ。俺だって怖かったしさ」

「五年前だ。ぬしは十三になっていた。わたしは十。わたりはわたしを囮《おとり》に使ったのだ」

「あとからちゃんと弓で助けたろ」

「わたしが死ぬ気で熊の脳天を割ったあとだった。わたりが弓を得意とするのは安全なところから戦いたいからだ。その根性が気にくわない」

言いたいことはまだまだ他にもあるが、並べ立てるのも面倒だった。

「いや、弓だって危ないことは多いぞ。狙《ねら》いを定めているときは無防備だろ」

「兄者ならいつも助けてくれた」

「しぎ兄は俺より三つ上だ。しかも強かった」

確かに子供のときの年齢差は大きい。

「しかし心意気の問題だ」

わたりは思い切り顔をしかめた。

「しぎ兄と同じものを求めるおまえの方がどうかしてる。俺はおまえの盾か」

「わたしだってわたりを助けたことはある。蛇に噛まれただろう」

あのときはすぐに傷口を吸った。

「あれはよくない。おまえにも毒が回ったかもしれないんだぞ」

「迷っている暇はなかった」

「それだから。おまえな、あの蛇がなんだか――こら聞けよ」

あれこれ口達者に言い返していたが、かまわずに神宮を片づけた。獣の死骸も宮のそばには置けない。本当なら貴重な食料として持って帰りたいところだが、今日は山を調べることを優先したかった。

「とにかく、ついていくぞ。俺も昨日から気になっている」

「……火を消せ。すぐ行く」

巫女として思うこと、山で見たこと、それらを島長に報告するには一人より二人の方が信憑性《しんぴょう》が増す。ましてやわたりは島長の子だ。そう考え、同行を認めることにした。なぎにもわたりを信じたい気持ちはまだある。

鳥はまた少し増えた。二人で道なき道を行く。

「何か臭いがする」

なぎはわたりに言った。昨夜も気になった臭いだ。

「どんな臭いだよ」

「むっとするような……説明が難しい」

「俺にはわからない。おまえの方が鼻が利くのかもしれないな」

わたりは木の枝で草木を払いながら、前へ進む。

「ふちかはそろそろ交わり月か」

「そうらしい。わたりは通わなくていいのか」

「他の男に気がある女を抱く気にはならない。まかり間違っても、しぎ兄とは争いたくないからな」

わたりは察していたらしい。

「兄者はもう二年も戻っていない。無事でいるのかもわからない」

「しぎ兄は誰よりも強いが、死に急ぐような戦い方をする。容赦もない。おまえたち兄《きょう》妹《だい》には参るよ」

「……我らは強くならねばならなかった。この島で生きるために」

ぽつりと呟《つぶや》くと、わたりは納得したように肯いた。

「そうだったな。おっと、見ろよ。あそこだけ空が黒くなってきた」

鳥が集まりすぎて空に揺れる穴があいたようだった。

「もうすぐだ、急ぐぞ」

なぎはわたりを追い抜いた。心なしか臭いが強くなっているように思えて気が急《せ》いた。

生き物の死骸が放つ臭いではない。

「確かに何か臭いな」

わたりの方もようやく感じたようだ。

集まっている鳥は数種類いる。生き物を突っついている様子はない。異常行動としか思えなかった。

「どこにも死骸はないな。だったらなんで集まっているんだ、こいつらは」

夏椿までやってきて、わたりは不気味なことになっている上を見上げた。念のため弓矢を手にする。

「ここは少し暑い」

なぎは額の汗を拭いた。ここは山の中腹だ。麓より涼しいはずではないのか。上から照りつけるような感覚はなく、むしろ下から温かさが伝わってきた。

「わたり……地面が温かい」

地べたに手のひらをつけ、なぎは驚いた。それを聞き、わたりも急いで確かめる。

「本当だ。ここらへんの地面は他のところよりあったかいな。夏椿が早く咲いたのはこのためか」

つまりこの現象が島の異常に繋《つな》がったということだろう。

「これは何が起きてる？」

「なぎ、急いで下りるぞ。島長たちに報せなきゃならない」

「それほどの大事なのか」

下山を始めたわたりのあとを急いで追いかけた。

「山が熱を持ってきたとしたら、考えられるのはあれだろ。この臭いもそうだ」

「噴火すると？　炎山が火を噴いたのは何百年も前で、もう死んだ火山だと聞いていた」

「山にとっちゃ何百年前なんて昨日みたいなもんだろうよ」

ちっぽけな生き物のために大地があるわけではない。わたりはそう言いたかったのかもしれない。

山を下りると、なぎはまずあさぎにこのことを報せた。集落まで来て別れたわたりは父である島長に話しているだろう。

「大変なことだねえ」

あさぎは困り切ったような顔で呟いた。長く生きてきた元巫女でも経験のないことだ。

「島はどうなる？」

「わたしかてわからないさ。島長が動くだろうよ。まずは各集落に早馬を出さねばな」

昔火を噴いた山だというのは皆知っていても、その結果どうなるのかまではわかっていない。なんでも熱くて赤いどろどろとしたものが流れてくるらしいから、山に登るときは気をつけなければならないのだろう。山は人々の糧を生みだしている。入れないとなると大変なことになる。

（このまま鎮まってくれればいいけど）

必ずすぐに火を噴くというわけでもないだろう。数百年前のことが山にとっての昨日だというなら。

流人の姫が男で、山が火を噴くかもしれない——何やらこの島に災いが降りかかろうとしているのだろうか。

迅に関しては何も知らなかった。その方が島にとっては利益になる。あくまで流人と朝廷の問題。だからなぎは曾祖母にも島長にも話す気はなかった。大きな天災を危惧《きぐ》しなければならない今なら尚更《なおさら》だった。

なぎはふと一昨日のことを思いだし、海へと向かった。獣と戦い、一泊二日で山を歩いていたのだから疲れてはいるが、休みたいとは思わなかった。

誰もいない絶望岬からの眺めは雄大というより怖い。夢の中の神獣は何故ここから跳ぼうとしたのだろうか。

重い雲が垂れ込め、広土は見えない。島の東側の空はいつもこうだ。西はよく晴れる。西の向こうにも異国があるらしいが、たどり着くのが難しいほど遠いらしい。東の向こうには広土がある。広土といくつかの島を合わせて明日何という国だ。

(だからここに王がいては都合が悪かった)

そこに琉貴姫を嫁がせる。皇族の姫を迎えた以上、側女《そばめ》は認められない。それでなくとも奥見族は子供が育ちにくい。そして嫡男ができないまま、琉貴姫はこの岬から飛び降りた。その結果、朝廷の圧力で島の王制は途絶えたのだ。

（朝廷の望みどおりになった……？）

王を失い、島は自治区となることで朝廷と争わず終わった。無論、猛々《たけだけ》しい奥見族にとっては苦渋の決断だったと思われる。実際、最後の王を腰抜けと呼ぶ者は少なくない。琉貴姫が災いそのものに思えただろう。嫉妬深《しっとぶか》かった、高慢だった、島になじむ気など最初からなかった——そして帝の刺客とまで言われた。

海にかかるこの灰色の雲を琉貴雲と呼ぶのは忌々しさからだ。

十七で嫁ぎ、十八で死んだ娘はこの島の災神《さいじん》となった。なぎもそう思っていたが、迅という子供を知ってしまった今では単純に決めつけることはできない。

「どうしてこんなところにいる?」

背後からした声はわたりだった。

「ついてきたのか」

振り返りもせず、問い返した。ここでばったり会うはずがない。

「こんなところに向かっているのだから気にもなる」

「別に……散歩よ」

一昨日、迅の前で一時晴れ渡ったのは偶然なのか。

「ふうん。俺は足がすくむよ。木には登ってもこの高さは無理だ」

「先日、ここで海に向かって小便している子供を見た」

「ほんとか、そりゃまた怖い物知らずの悪ガキだな」

悪童という想像からはほど遠い姫様の姿を思いだす。あの子供は一瞬だが雲を払った。なぎがここにいても晴れそうにはない。風は強く、こちらを拒むようだ。

「せめて琉貴雲でも晴れれば、眺めがいいんだろうが」

「末王は琉貴姫の死の四年後に病死したのであったか」

末王とは最後の王で琉貴姫の夫であった。ちゃんとした名があったはずだが、最後の王という印象が強く、今でもそう呼ばれる。

「死因に関しては諸説ある。自分が最後になってしまったのだから、責任も感じただろうよ。もっとも朝廷は、敵に回せば面倒な奥見族を絶対に臣従させたかったわけで、誰が王でも守り切れなかっただろうさ。血腥《ちなまぐさ》い混乱を避け、よく移行させたと思う」

末王を情けないと考える者の方が多い中で、わたりは随分と冷静だった。

「身分のある者が望まぬ結婚をするのは当たり前だ。それでも寄り添っていくのではないか。二人はそこまで不幸であったのだろうか」

「せめて夫婦仲は悪くなかったと思いたいのか。小娘の感傷だな」

「救いがあった方がよい。誰にとっても」

迅のことは人に話せることではないし、少女の感傷と思われてけっこうだった。わたりもそれで納得するだろう。

なぜならなぎの母も広土の人間だったのだから。

『わたくしはイノリ。殺せる者は殺すがいい。その後ろにいる者たちもしかと見えるぞよ。関わった者一人として逃しはしない。イノリを殺すことの意味を思い知れ。我が子に手を出せば、わたくしの怒りでその後代《こうだい》には日も照らず草木も生えぬぞと伝えよ』

見たこともない母の姿だった。

あの優しく美しい母が子を守るために鬼になった。

いくつもの松明《たいまつ》が夜を煌々《こうこう》と照らし、屋敷を囲んでいる。幼い迅にもわかっていた。この者たちは殺しに来たのだ。迅を救うため、母がなんらかの交渉に打って出ようとしている。そのために鬼を演じているのだ。

刀を持ち、じりじり近づいてきた男を睨みつける。揺れる緑色の目はどれほど恐ろしかったのか、男は後ずさった。

『戻って主人に伝えよ。わたくしはイノリ……殺せばただでは済まぬ。神宮の巫女であろうが抑えることはできんぞ。イノリは決して許しはしない。どうなるか試してみるか』

夜空よりも黒い雲がどこからともなく訪れ、強い風が吹き松明が揺れた。周囲の木に雷が次々と落ちて、地面が揺れた。

それがまるで母が起こしたように見えたのだろう。男たちは明らかに動揺した。その手で幾人も殺してきたであろう者たちにとっても、イノリは別だったようだ。

イノリを殺せば必ず祟られる。いつの頃からか、そう畏れられていた。殺した本人はもちろん、それを命じた者、見逃した者すべて。子々孫々、恨みに連なる者皆に災いは及ぶ——だからこそ、帝にすら畏れられ、丁重に軟禁される。どうせイノリは短命。死ぬまで何年か待てばいい。

だが、母はこうして二十年以上生きて親になった。そして我が子を守るために怒りを全開にさせている。

領巾と髪が大きく後ろへなびいた。さわさわと葉がこすれる。母は夜を支配していた。命を奪いにきた男たちは手を出せずにいる。

結局、敵はその場から離れた。屋敷を囲み、主人の指示を仰ぐことに決めたらしい。

母は気が抜けたように座りこんだ。ひしと迅を抱きしめる。どれほど恐ろしかったのか、細い体は震えていた。

『生きて……今は死んではいけない』

母は必死で敵の男たちに恐怖を植えつけたのだろう。父の方はどうなったのだろうか。何も知らされていなかったが、何か争いがあって父は敗れたらしい。

『母上も……』

一緒に生きてください、と言いたかったが涙で言葉にならなかった。

その数日後、母は自害し、迅は伊与とともに奥見島へ流されることになった。

『この子を助けるならわたくしは自ら死にます。祟りません』

母がそう交渉したという。

多くの血が流され、帝位継承の乱は終わった。


母の犠牲があって、自分はこうして生きている。

あれ以来、ずっと胸に穴があいていた。生きなければ母に報いることができない。だが、新しい帝が迅を助けると決めたのは〈姫〉だったからだろう。いかにイノリの祟りが恐ろしくとも男児と知っていれば殺したはずだ。

母もそれはわかっていたのではないか。すべてではないが、ある程度先を見通す目はあった。だから母は賭《か》けたのだ。男児であることが露見する前に、再び政変が起きることに。だが、未《いま》だそんな話は聞かない。

帝には八つになる大兄皇子《おおえのおうじ》がいる。帝自身、まだ三十を少し過ぎた程度だろう。多少不満があろうとも、民も再び争いが起きることを望んではいないだろう。政治は大臣がやっているようなもの。血を流して帝位につけば、実際に戦って勝利を手にした豪族たちが力を増す。現在の葛城帝はそれを承知で兄である孝穂を死に追い込んだのだ。

「お疲れなら休んでよろしいのですよ」

庭に生えた蕨《わらび》を収穫していた迅の手が止まったからだろう、伊与にそう言われた。

「考え事してただけ。伊与こそ休んでいて」

最近は腰が痛いと言っていた。こんなところにいては体を診《み》てもらうこともできない。

自分たちは自然に死ぬことを望まれている。

「平気ですよ。ところで最近鳥の肉をいただけませんね。不猟でしょうか」

「……山が危ないのかもしれない」

「何か見えるのですか」

「うん、ちょっと」

母譲りの勘の良さを伊与は知っている。迅に見えたのは山が熱を溜《た》めているような色合いだけだった。

「あの山は死火山だと聞いておりました」

「ならいいのだけど」

気のせいであってほしいと迅も思う。島の中央の山が噴火すれば被害も大きい。

「裏にも蕨が生えていたから、私はそっちに行ってみる」

裏には抜け穴がある。それが見つかっていないか心配で一日に何度か確かめに行く。門番は逃げるなど考えてもいないから門にしかいない。朝廷から派遣された二人の門番は塀の外の小屋に住んでいるのだ。彼らは彼らで、ここの仕事にうんざりしている。一緒に流されたようなものなのだから無理もない。

穴にはわからないよう薄い板で蓋をし、土をかけてある。それでもこの程度では雨風が吹けばすぐにだめになるだろう。とはいえ、苦労して掘っただけに完全に埋めてしまうのも惜しかった。

（外の世界と繋ぐ穴だ……）

せめてもと、塀の節穴から覗《のぞ》こうと顔を近づけた。

きゃっ、と声を上げそうになって迅は尻餅《しりもち》をついた。声だけは出さずに済んだが、迅が節穴から見たのは同じ人間の目だった。

「迅か」

塀の向こうから小さな声がした。

「な……なぎ？」

迅は塀に両手をつけた。

「寄ってみただけだ。話せるとは思わなかったが」

「また会えるなんて」

「ばれてないか？」

「大丈夫。それより山はどうなっている」

塀に耳を近づけて、囁《ささや》くように話した。

「異変に気付いたのか？」

「何か今までとは違うように見えたから」

「なぜ、そんなことがわかる。迅はイノリなのか？」

「母がそうだった。でも、私は違う。遺伝するものではない」

伊与からはそう聞いている。

「イノリは帝がそばに置き、外にも出さないと聞く。皇子の子を産むこともあるのか」

「お互い好きになったって。でも、私と母は都から離れて隠れていなきゃいけなかった」

「込み入っているのだな」

「私は流人だけど、望まれて生まれてきた」

それだけは誇りに思いたかった。母を忘れないためにも。

「琉貴姫の話を知っているか」

「雲の人。この間《あいだ》伊与から聞いた。この島の王様のお嫁さんになった人だよね」

「広土では誰も知らないのだろうな。ここでは悪名高い」

似た境遇の琉貴姫が悪く思われているのは悲しかった。

「その人が自害したから王制が廃止されたの？」

「詳しいことはわからない。だが、琉貴姫には朝廷の回し者だったのではないかという疑いもあった」

「……回し者？」

迅には理解できなかった。悪い人という意味だろうか。

「誰もはっきりしたことを知らないのに、ここでは希代の悪女、そちらでは忘れられている。気の毒な人だ」

「なぎは琉貴姫を嫌いじゃないの？」

「わたしの母も広土の女だった。父が島を離れていたとき知り合い、連れてきた。この島で暮らし、病で死んだが、母が幸せだったと思いたい」

迅は驚いた。なぎには立派な耳がある。

「辛いことはあった？」

「おかげでわたしと兄は強くなければならなかった。広土の女が産んだ子供と言われないために。獣の耳があったこともあり、今では皆何ごともなく受け入れてくれている。このことで苦労はない。広土は好きじゃない。わたしは奥見族だ」

さらりと答えたが、なぎは人一倍努力したのだろう。

「広土と一口に言っても地域によって外見もかなり違うよ。お母様はどこの出身か何かおっしゃってた？」

「いや、わたしが生まれてすぐ死んだ。覚えてはいない。迅は覚えているのか」

「私は七つだった。母の姿は忘れない」

母の笑顔も涙も、生涯忘れないだろう。

「途中でもいだ赤桃をやる。見つからないように食べるといい」

「ありがとう。伊与にもあげていい？」

「どう言い訳する気だ？」

確かになぎとのことや穴がまだ残っていることが伊与に知られてしまう。

「そっか……本当は門番にもあげたいけど」

「朝廷の兵だ、迅は人がいいな」

「あの人たちも好きでここに来たんじゃないから。きっと家族もいると思う」

門番も迅と同時に来ているのだから、もうここに来て四年になる。一度も帰ることができずにいる。

「乳母の方は任せる。門番から不審に思われることはやめておけ。わたしは帰る」

「次は鳥の鳴き声をして。そうすればわかるから」

「もう来ない」

「来て。もっと話がしたい。お願い」

迅はすがりつきたいくらいだった。助けてほしいなんて言えない。話してもらえるだけでどれほど嬉しかったか。

「……来られたなら」

仕方ないな、というように声が返ってきて迅はほっとした。

「ありがとう。なぎと話せて楽しかった」

なぎが帰っていく足音が少しして、すぐ消えた。すぐに桃を掘りだし、もう一度土をかけて穴を戻す。

袖に隠して迅は屋敷に入った。

「姫様、裏に蕨はございましたか」

庭から収穫して戻っていた伊与に訊ねられて、迅はどうしたものか考えた。でも、やっぱり伊与に赤桃を食べてほしいという気持ちの方が大きかった。

4

なぎとわたりが噴火の兆候を見つけてから、一月が経っていた。

山からは煙ひとつ上がっていないが、獣の様子、地面の熱などから誰もが危険であることは理解していた。山に入るときは注意を怠らず、監視も強めていた。

今、この島に生きる者は誰も火山の恐ろしさを実体験として知らない。山が火を噴くと言われてもわからない。ただ記録に残る直近の噴火では百人を超える死者が出たと聞いた。奥見族の強靱さをもってしても太刀打ちできないのが天災だ。

「なるべく山に登らないように、触れが出ている。となると、獣を諦めて魚を保存せねばな」

あさぎは開いた魚を干していた。

「ばっちゃは会合に加わったのだろう。何かわかったことはないのか」

「最悪のことを考えておけということだ。どうごは頭を抱えておった。なんでわしのときにこんなことがと。しっかりせんかとどやしつけてきたが」

どうごとはわたりの父で島長だ。曾祖母からしたらまだまだひよっこなのだろう。

「わたしのかかはここで幸せだったのか」

突然、話題が変わり曾祖母は目をしばたたいた。

「……何を言う?」

「広土の女だったのだから、この地で幸せになれたのか気になった」

母は産後の肥立ちが悪く亡くなったと聞いているが、せめてそれまでは不幸でなかったと思いたい。だが、琉貴姫に迅、いずれも望んで奥見島に来たわけではない。

あさぎは白髪頭を掻いた。

「美しかったよ」

「顔のことはどうでもいい」

「気立てのいい娘だった。おまえの親父さんが若い頃傭兵に出て連れて帰ったんだよ。あのときは驚いた」

そのあたりのことは知っている。

「何か思い出を語ってみてくれ」

「急にどうしたね」

「わたしにだけ思い出がない」

曾祖母はもちろん、六つ上の兄にも母の記憶はあるだろう。なぎにだけは温《ぬく》もりひとつ残っていない。

「狩りを覚えようと頑張っていた。島になじもうと、頭にふたつ小さな髻を結ってな。奥見族に近づこうとしたんだよ。あれは熊の耳のようでなんとも可愛らしかった」

「……わかった」

話はそこまでにしてなぎは外に出た。

父が女を無理矢理島に連れてきたとは思わない。好き合っていたのだろう。その父も四年前に都で死んだ。

あれから神宮にも行っていない。山の獣は気が荒くなっている。

迅のことも気にはなっているが、山を調べることに駆りだされていて、行けていない。

炎山が迅にどう見えるか訊ねたかった。

こんなとき兄がいれば島の役に立ってくれたのではないかと思うが、出ていったまま便りのひとつもない。

「なぎじゃないの」

坂の下からふちかが駈けてきた。

「ふちか姉、交わり月はどうだ」

「あれは延期した。山がこんなありさまじゃ仕方ないよね」

髪に草をつけて、野菜の入った籠《かご》を背負っている姿は今までと変わらない。ふちかが大人の女になることが先延ばしになって少し嬉しかった。

「ねえ、しぎに帰ってきてもらったら？」

ふちかが声を潜めた。周りに人はいないが、内緒話らしい。

「住まいも生死もわからない」

「いてくれたら頼りになると思うんだけどね」

なぎは頭を横に振った。

「わたしは捨てられた気分だ、腹が立つ」

「まあまあ、向こうにも都合があるわよ。でも会いたかったなあ。あ、もし来たら――」

「ふちか姉のところに夜這いに行けと言えばいいのだろう？」

「もう、もっとやんわり言いなさいよ。で、なぎが気付いたんでしょ、山のこと。わたりと一緒だったって、やっぱりあんたたち――」

「違う」

断固否定しておく。前にも何人かにその点を訊かれている。

山の方から数人の声が聞こえてきた。どけてくれ、何があった、と騒然としている。

「何ごとか」

「なぎ、行ってみようよ」

ふちかに袖を引っ張られ、なぎも山の方へ走った。騒ぎを聞きつけたのだろう、人だかりが見える。島長も駈けつけていた。

「……誰か死んだのか」

男たちに四隅を持たれた大きな布には人間らしきものが乗っているようだ。黒っぽい布だが、滴るほど血で濡れているのがわかる。

「ごんぞ兄だと思う。獣に襲われた」

なぎの後ろにいた男が教えてくれた。その声に振り返れば、わたりだった。頬《ほお》や手に血が付いているところを見ると一緒に亡骸を運んできたらしい。さすがにその顔は青ざめていた。ごんぞはわたりの従兄弟《いとこ》だ。

「思う?」

ふちかの声は震えていた。

「亡骸がひどいありさまでまだ確定できてないが、間違いないだろう」

わたりの声に覆《おお》い被《かぶ》さるように、女の泣き声が響き渡った。ごんぞの妻と母だろう。集落の者は全員顔見知りなだけに、なぎも胸が塞《ふさ》がれる思いだった。

「……なんと声をかければ」

ふちかは目を潤ませた。狩りや漁で亡くなるのは珍しいことではないが、残された者の嘆きを耳にするのは辛いものがある。それでなくともこの島では頻繁に子供の葬儀がある。

「獣の気が荒くなってて、行動に予測がつかない」

憔悴《しょうすい》しきっているのだろう、わたりは両手で顔を覆った。無残な死体をここまで運んできたのだ。

「大丈夫か……？」

「葬式とか諸々《もろもろ》終わったらうちに来い。見せたいものがある……下心はない」

「こんなときまで疑わない。手伝えることがあったらなんでも言ってくれ」

なぎの肩をぽんと叩《たた》き、わたりは父親のところへ戻っていった。

「本当に怖い……島はどうなるの」

ふちかはその場にしゃがみ込んだ。

その後、山へ入ることが当面固く禁じられた。

とはいえ、奥見族は狩猟が基本だ。多少の田畑はあるが、狩りに出なければ食料が不足してくるだろう。それでも朝廷は容赦なく税を取り立ててくる。

何日かして、なぎはわたりの元に行った。

見せたいものというのがなんなのかはわからないが、なぎも狩りができなくてくさくさしていた。

わたりの家は使用人を何人か雇うほど大きい。王族の傍系というだけのことはある。奥見島には身分はないが、当然貧富の差はある。それがなくなったら人は汗水垂らして働かないとあさぎは言っていた。そのとおりだろう。少しでも美味《うま》い肉が食いたいからなぎも命がけで狩りをする。

よく晴れているが、東の空にだけは雲が立ちこめている。そのせいで島では滅多に朝日を見ることができない。東の果てには広土がある。兄がいるだろう。迅も本音では帰りたいだろう。

琉貴雲……それは奥見島を嫌った姫の恨みなのか。では、琉貴姫が来る前はあの雲はなんと呼ばれていたのか。

「よう、来たか」

わたりは家の前で矢を作っていた。この男は何をさせても器用だ。

「……元気になったか」

「まあな。伯母の家はそうでもないだろうが……狩りをしてれば起こりうることだ」

「……見せたいものとはなんだ」

「急いだ方がいいだろうな。朝廷から使者が来たらしい」

「いつもの催促ではないか」

朝廷は何かあるごとに地方にもっと献上しろと触れを出す。食料、反物、工芸品。今上帝になってから特に要求が増えていると聞いている。

「それなら小役人だ。今回の使者は女だという。突発的な無理難題と思った方がいい。こんなときにな。親父も船着き場に迎えに行った。同時に流人屋敷の門番が交代するとかで新しい兵が二人来ていたから、そのことかもしれないが」

わたりは矢を置くと、立ち上がった。こっちへ来いと指を動かす。

「裏の小屋に王家の肖像画があったんだよ」

「琉貴姫のもか」

「だいぶ傷《いた》んでいるから、誰が誰だかわからないのが多い。それでよければ見るか？」

「見せてくれ」

かつての王城跡はすっかり草木に覆われ見る影もないが、遺品は親族で分けたと聞いていた。わたりのあとをついていく。

壁にある把っ手《とって》を回すと金属が軋《きし》む音がして天井から鎖で繋がれた階段が降りてきた。わたりの家はこういった細工が多い。

「面白い家だ」

「こういう仕掛けが好きなんだよ。直せればいいんだが、このままじゃ朽ち果てる——ほら、これだ」

箱の中に埃《ほこり》だらけの巻物が何本も入っていた。

「琉貴姫のがあるかどうかは知らないぞ」

「見てみる」

なぎは巻物を次々と広げていった。雨漏りでもあったのか、墨が滲《にじ》んでいるものが多い。雑な保管もあったものだ。

「島の歴史書みたいなものはないのか」

「奥見族には歴史を記録して残すという文化がなかったんだよ。だからほとんど口伝だ。そうなると、半分神話か伝説のようなことになる」

確かに昔語りはどこまでが本当なのかわからないものばかりだ。

「絶望岬と呼ばれるようになったのは琉貴姫以降だ。その前はなんと呼ばれていたか、知っているか」

「なんだ?」

「神割り岬だ」

　ああ、となぎも納得した。遥か昔、島は広土と繋がっていたが神が地団駄を踏んだか、くしゃみをしたかで割れて離れてしまったとかいう言い伝えだ。

「興味深い。神々も人並みに馬鹿《ばか》げている」

「昔のことは、全部神話みたいなものになる。琉貴姫の話がたかだか百年ほど前のことなのに、伝わっている内容が雑なのは島の特性かもしれないな」

「わたりは琉貴姫を嫌っていないのだな」

「とっくに死んでいて反論できない相手を罵《ののし》ってどうするんだよ。結局は命令されて遠くに嫁がされた娘だろ」

　感情的にならないところはわたりの美点かもしれない。わかってはいるが、子供の頃の恨みは消えにくい。

「これは戦か」

　めくっていた書物の中に、兵士たちが戦っている絵があった。血の飛ぶ様はなかなか生々しい。

「知っているだろ。広土から兵が攻めてきたことがあったんだよ」

　重そうな鎧《よろい》をつけているのが広土兵だろう。奥見族は戦いでも身軽さを重視する。

「奥見族は果敢に戦い、蹴散《けち》らした」

「まあな。でも、これは人口不足に悩む奥見族には痛手だったわけだ。王の力が弱まるきっかけになった」

　次々めくっていくと、山が燃えている絵が出てきた。

「これは末王時代の大きな山火事だな。原因は落雷だったという話だが、獣の宮の近くだったらしいな。山の二割が焼けたってくらいだから相当だ。このとき王自ら消火に出ていて危なかったらしい。なんとか雨のおかげで鎮火したそうだ」

「この島もいろいろあったのだな」

　大きな世界でも小さな世界でもそれは同じらしい。

「狩りでの火の始末にうるさいのはこのためだ」

　確かに狩りの仕方以上に火に関することは厳しく教え込まれている。

「見つけた、これが肖像だ。女の装束は広土風か」

　肖像画が丸めて巻物のように重ねられていた。奥見族の王やその家族たちが描かれている。婦人たちは裳裾《もすそ》を揺らし、優雅に装っていた。衣装や装飾品などは都から取り寄せた方が権威の象徴になったのかもしれない。

「……これは」

「身につけているものからして、側女ではなく后なのだろう。どちらも若いな」

　なぎは埃を払うと顔を近づけた。若くて美しい后は口元と目元にくつろいだ笑みを浮かべていた。

「琉貴姫だ」

「何故わかる」

ここだ、となぎは后の髪を指さした。

「よく見れば、これは耳ではない。髻をふたつにしているだけだ」

「なるほどな。確かにそうだ」

「琉貴姫は髪型で奥見族に似せていた……この島を恨む女はそんなことをしない」

なぎは口元を綻《ほころ》ばせる。胸が熱かった。この絵に母を見たような気すらした。

「これだけでそこまで言い切るのか」

「わたしの母もそうだったという。まず形から入った。琉貴姫は島になじもうとしていたんだと思う」

「この時代の流行の髪型だったかもしれないが」

なぎは水を差すようなことを言う男を睨みつけた。

「でも、奥見族を蛮族だと嫌っていたなら獣の耳に似た髻はしない。王だとて朝廷から送られた后にたかが髪型など無理強いはしない」

「それはそうかもな」

わたりも納得した。なぎはうむと肯き、もう一度琉貴姫の可愛らしい姿を見つめた。

「今日は礼を言う」

なぎは頭を下げた。

「いいさ。また何か見つかったら教えるよ」

「わたりは改心したのか？」

「昔から俺は良い奴だっての。道理や効率を優先してるだけだ」

小屋から出ていくなぎに、わたりはもう一声かけた。

「おまえは巫女だ。一応皆に影響がある位置に置かれていることを忘れるなよ」

迅のことを知っているわけではないだろうが、わたりは釘《くぎ》を刺してきた。知ればわたりなら必ず父親に報告するだろう。


家の前に男が二人いた。その姿から奥見族の者ではないことがわかる。

なぎを待っていたのか、中から島長のどうごが現れた。

「島長、ばっちゃに何か用があったか」

「探したぞ、いいから入れ。都からお客人がいらしてる。巫女に用があっていらしたのだ」

島長にではなく、何故巫女にそんなお客が来るのかわからなかった。さきほどの船で来たという女使者だろうか。訊ねたいところだが、島長の方も困惑しているのがわかる。

奥の間に年配の女が正座していた。その横に曾祖母が控えている。たいていのことには動じない曾祖母も緊張しているように見えた。

「お待たせいたしました。獣の宮の巫女を務めるなぎでございます」

どうやらこの女使者はなぎを待ち構えていたらしい。身分があるのだろう、紺地に金糸銀糸の刺繡が施された着物を身につけていた。都の流行なのか髪は驚くほど高く結い上げている。若くはないが、洗練された装いから朝廷のきらびやかな様子を垣間見《かいまみ》ることができた。

「なぎと申します」

都風ではないだろうが、最低限の行儀作法は身につけているつもりだ。これでも巫女なのだから。島長や曾祖母に恥をかかせるわけにはいかない。膝《ひざ》を折り、両手を揃えて丁寧に頭を下げる。

「これはこれは」

その目は厳しく、なぎを品定めするように見つめてきた。

「宮中深殿《ふかどの》を任されております、浦上《うらがみ》と申します。獣の宮の巫女様にお目にかかれて光栄しごく」

深殿――確かにこれは今までの使者とは違うようだ。

（帝の妻妾《さいしょう》たちがいるところだったか）

何故そんなところから使者がやってきたのか。各地から美しい娘を集め、帝に献上する役所もあると聞くが、奥見族は蛮族扱いされているため今までそんなこともなかった。

「お会いできてよかった。やはりこの目で確かめておきたかったものですから。磨き甲斐《がい》のある巫女様ですこと」

「お待ちください、急な話でこちらとしてはまだ――」

島長は急いで口を挟んだ。

「固く考えなくてよろしいのです。巫女様をお招きしてゆっくり都見物などしていただければという帝の思《おぼ》し召《め》しですから」

「都見物？」

「さようでございます、巫女様。いらしていただけますね」

行く行く、と言いそうになって島長の様子に気付いた。明らかに難色を示している。

「ありがたいお話ですが、時間をいただければと」

辛うじてそう答えた。

「着の身着のままでけっこうですよ。昇殿していただければ、お召し物も女房もすべてこちらで揃えましょう。あくまで内々の慰労ゆえ、どうぞ遊びに来ていただければ」

「お心遣い感謝いたします。ですが、祭事の都合もありますゆえ」

山のこともあり祭事などあってないようなものだが、そう言っておく。

「明日の朝、船で一度戻ります。できればそれまでにお返事をいただきたいのですが」

「いやいや、一晩では」

島長があわてて口を挟んだ。浦上は呆《あき》れたように吐息を漏らす。

「奥見族は決断が早いと聞いておりましたが、そうでもないようですね。では何日かしたら迎えに参ります。わたくしは他の巫女様のところにも行かねばなりませんから。そのときまでに支度をなさってください。どうしても断るというのであればそのときにお聞きしましょう。ですが、断るべきではございません。もしいらっしゃらねば獣の宮だけ格落ちと思われることでしょう。奥見族の地位を上げる機会なのです。是非に」

用は済んだとばかりに浦上は立ち上がった。

「これは帝たっての申し出であること。島長様にはそこのところをよく考えていただきとうございます」

玄関まで出ると浦上の従者が履物を差しだした。

「巫女様、きっと良い経験になりますよ。帝に拝謁し、神庭《こうにわ》にも入場できるのです。これがどれほどの栄誉か。お待ちしておりますから」

帰路につく女使者を島長が港まで見送った。

随分と圧力は感じたが、都へ行けるという話はなぎに大いに関心を持たせた。

そのあと、なぎは島長から事の次第を聞いた。

「本来、巫女は神宮から離れないものだ。もちろん男に惚《ほ》れることも許されない。獣の宮だけは例外だが」

獣とは繁殖するもの。その定義があるから、獣の宮の巫女だけは例外なのだ。もっともそれは建て前で、子供が育ちにくい奥見族ではどんな役職にあろうとも、子作りには参加してもらわなければならないという切実な事情がある。あさぎも三人の子を産み、二人を幼いうちに亡くしている。

「島長は反対なのか。帝にも巫女を労《ねぎら》う気持ちがあったのではないか」

「それなら朝廷の特使が来るはずだ。何故深殿から来たのか、そこが問題なのだ」

それまで黙っていた曾祖母も肯いた。

「そういうことだ」

「でも、ばっちゃ、そこは帝の皇后や側室が住むところだろう。女同士ということで、深殿の女房が遣わされたのでは」

島長は眉根を寄せた。

「何代前か、過去に一度こういうことがあったという。招いた巫女を帝が孕《はら》ませたと」

なぎは目を丸くした。

「巫女に手をつけたと？」

「そういうことだ。まあ、好色であったのだろう。巫女ならば、家柄というより本人の格が高いとみなされる。帝の自尊心と征服欲も満たされるというわけだ。どこの神宮の巫女だったか、結局俗界に降りて側室になった」

「つまり、深殿から女房が来たのははじめからそれが目的だということ？」

「……わからんが、そうかもしれない。朝廷で何か大きなことがあったという噂《うわさ》があるらしい。傭兵に出ている者からそういう手紙が来たそうだ」

なんともあいまいな話に首を傾《かし》げる。

「大きなこととは何か」

「それがわかれば苦労はない。固く隠されているのだろうが」

「とにかく、わたしを帝の側室候補と考えているかもしれないということか。何故だ」

奥見族は奴らからすれば半分獣。帝が四つ耳の子供をほしがるだろうか。まして奥見族の子は育ちにくい。

「だからわからないのだ。あの調子では、断れば何かしら差し障りがあるかもしれない」

島長は頭を抱えた。

「それなら島長はわたしが行くべきだと思わないのか」

「帝の子を孕んだ巫女を出した神宮はなんらかの原因で崩壊した。そのまま再建されることはなかった。祀り神の怒りなのかもしれない。後々まで大きな諍《いさか》いがあったと聞く」

そんな前例があったのでは、いかに帝の思し召しでもどこの巫女も畏れしかないのではないか。

「それに……おまえまで島から出ていけば、あさぎ様も辛かろう」

島長の言葉に曾祖母は無言だった。弱音を吐く人ではないが、娘夫婦も孫息子夫婦も見送ってきた。しぎは帰らず、これでなぎまでいなくなれば淋《さみ》しくないはずがない。

「言いにくかったら、次に使者が来たとき、わたしから断る。神のお告げがあったから行けないとでも言えばいい。どうせ向こうには否定できない」

都には行ってみたいが、ずっと年上の怪しげな男の側室などごめんだった。

「それがよかろう。山も噴火の兆しが出てきた。数日中にあるかもしれん。頭が痛い」

「噴火するのか。それなら、流人屋敷にも忠告に行った方がいいのではないか」

なぎは身を乗りだした。それを不審に思えるほど、今の島長に余裕はなかった。

「そうだな……一言必要だろう」

そのときは自分が行こうと思った。それなら堂々と迅に会いに行ける。

山は内側から赤くなっていく。

生き物の気が乱れ、不安が島を覆うようだ。

このことをなぎに伝えたかったが、向こうから来てもらわないことにはそれもかなわない。おそらく、山の異変もあってここに来られるだけの余裕がないのだろう。

「山への出入りが禁止になっているようで、あまり食料が届かなくなってしまいました。干し魚と菜っ葉しかありませんが」

伊与が申し訳なさそうに言った。

「かまわない。みんな大変なときだもの」

自分は何も生産できない。囚われているとはいえ、情けなかった。

「何やら都も……門番が話しているのを物陰で聞いてしまいました。門番が交代したのもそのせいかもしれません」

確かに今日、門番が入れ替わった。四年もここにいた彼らは帰郷を喜んでいた。ただの交代かと思ったが、そうではなかったのだろうか。

「何かあった？」

念のためというように、伊与は周囲を窺った。

「大兄様が身罷《みまか》られたらしいのです」

帝の子で、次の帝位継承者と言われる皇子のことだ。会ったことはないが、まだ子供だと聞いていた。

「病気だったの？」

「そこまでは存じませんが、帝には他に男子はいらっしゃいません。少々不安にございます。人は不幸になると心に鬼が住むもの」

伊与はぎゅっと両手を握りしめた。何を心配しているかは理解できる。帝の悲しみの矛先がこちらに向かわないとは言えない。もちろん、先々代の帝の血筋もあり、親王はまだ何人かいるだろう。

だが、帝にとって殺した兄の子は脅威でしかない。ましてイノリの子だ。凶事をその祟りと受け取るかもしれない。迅にはなんの力もないが、何を言っても通じないだろう。弁明の機会もない。

「お悔やみを送るの？」

「いえ、よけいなことはしない方がよろしいでしょう。正式に報せがきてないのですから。知らなかった、それしかないかと」

「……そうだね」

親子兄弟でも血で血を洗う。そんな者たちが国を統治する。綺麗事ではないとわかっていても、それを恥じ入る気持ちだけは持っていなければならないのではないだろうか。

「少し暑くなってきましたね。もう少し薄い衣がほしいところですが」

少ない衣類をやりくりしている。迅も大きくなり、今までのものを身につけるのが難しくなってきた。しかし、新しい衣も沓も手に入らない。送ってきてくれる者もいないのだ。成長するにつれ、ここでの暮らしは限界を迎えようとしている。島の山も危険な状態だ。下手をすれば性別が露見する前に破綻《はたん》するのではないか。

「大丈夫だよ、一枚脱げばいいだけだし、ここでは正式な装いにこだわらなくていい。縫い物は私もできる。だって〈姫〉だからね」

「……申し訳ないです」

「謝ったら変だよ」

迅は笑って外に出た。野菜の生長を見るふりをして、以前折れた物干し竿《ざお》を拾った。短い槍のように使うにはちょうどいい長さだろう。拭いて部屋に持っていくと、持ちやすいように削ってみた。折れそうなところには補強として古い紐を巻いてみた。

姫として育ち、武器と呼べるものは使ったことがない。門番の構えを思いだし、持ち方を工夫してみた。なぎが持っていたのは斧と弓矢だった。あんなふうに使えたら――流人というのは殺すわけにもいかず、生きる屍《しかばね》として、ただ風化させられる存在なのだ。

それでも部屋の中では力をつけるために運動を重ねてきた。細くとも筋力体力はあるのではないかと思う。

あれから大きな輝く猫は見ていない。あれはこの島の神が獣の形を取ったものではないか。巫女のなぎも知っていたはずだ。

神宮の巫女は広土にもいる。迅の住まいの近くに水の神宮があった。巫女は幼女のときに親元を離れて神宮で暮らす。世俗と縁なく、清らかなまま神に仕えるのだ。奥見島は随分違う。この島の巫女は夫も子供も持つことができると聞く。おそらくそれは獣の神宮だからだろう。繁殖こそ獣の定め。巫女も例外ではないということだ。

この島からは生命力が溢れている。なのに子供の死亡率が高い。戦士として高い能力を持つゆえ、増やさない調整を天がしているのではないかと言われているらしい。だからといってそのとおり死んでやる義理はない。

今、炎山もおのれの力を持て余している。

迅はこの不安をなぎに伝えたかった。

その夜は眠れなかった。風の音すら気になる。気になる自分が気になるくらいだ。それも迅が自らの勘の良さを知っていればこそ。

横になったまま目を閉じても、目を開けても、そこには同じ真っ黒な天井しかない。それでももう夜明けが近いのではないだろうか。

何度も寝返りをうち、迅は結局体を起こした。ゆうべは桶の水で体を洗いさっぱりしたのだが、少し汗を掻いていた。

人の歩く音がした。新しい門番は随分と真面目《まじめ》なようだ。門の前で立つだけでなく、周辺にも気を配っていた。一人は髭《ひげ》を生やした番兵で、もう一人は常にしっかり兵帽をかぶった若い男だ。

（この状態ならなぎは来ない方がいい）

見つからないうちに穴を完全に埋めてしまおうと思った。

門番は特別なことがない限り塀の中には入ってこない。流人と関わりを持たないようにいわれているのだ。関わりは情に繋がる。

迅は少しだけ戸を開けた。ここから見えるのは島の中央にある炎山の上の方と空だけだ。空を見る限り、夜が明けつつあるのだろう。このまま起きてしまおうと、伊与を起こさないように、静かに着替えた。空を眺める。はっきりわからないが、朝焼けがあるようだ。今日は雨が降りそうだ。

山がさらに赤く見える。迅も噴火など見たことはないが、かなり危険になっているのではないだろうか。いつにも増して胸騒ぎがした。

昨日作った棒を手にする。外で思い切り振り回してみたかった。

そのときだ——天井から男が落ちてきた。咄嗟《とっさ》に避《よ》けたが、男がまっすぐに突き立ててきた槍は迅が座っていたところに刺さる。

「避けられたか」

そこにいたのは新しい門番の男だった。年長の男の方だ。すぐさま迅に襲いかかってくる。迅は庭に転がり落ちたが、棒を拾い構えると、男に立ち向かう。

「やめてっ」

帝の刺客だ。朝廷から送られた門番が殺しに来たということは、それしかない。棒を持つ手が震えるが、それでも立ち向かうしかない。

（伊与がっ）

絶対に伊与だけは守りたかった。

癇癪《かんしゃく》を起こす子のように棒を振り回すと、迅は廊下に上がって、伊与の部屋の戸を開けた。

剣を持った若い男の足下で、女の痩せた体が床に倒れていた。

「伊与っ」

胸から溢れた血が床を染め上げていく。迅の声に反応するように、伊与の目蓋《まぶた》がわずかに上がった。

躊躇《ちゅうちょ》することなく血の中に入り、迅は伊与の手を握った。足下には懐剣が落ちていた。これで戦おうとしたのだろうか。

「姫……いえ、皇子……伊与はこれにて……ですが、皇子はなりませぬ」

一瞬、伊与の手がぎゅっと握り返したかと思うと、力が抜けた。

「迅衛皇子か……そうか、まだ生きていたか」

刺客は迅を見下ろした。

「ぬかったわ。その小僧は俺がやる。手を出すなよ、若造」

追ってきた髭の男が雨戸を蹴破《けやぶ》った。室内が明るくなり、伊与の亡骸が照らされる。

この者たちは迅が女ではないことを知っている。それが殺される理由なのだ。

（ごめんなさい）

伊与をみすみす死なせた。ひとつも報いることができなかった。

殺してやる――迅は立ち上がると再び棒を構えた。棒の先が震えていたのは恐怖ではなく、明確な殺意からだった。

「もうじき発《た》つ船に置いていかれては困るからな」

髭の男が笑った。

若い刺客は相棒を急かした。自分が動かないのは、誰がどちらを狙うかという取り決めがあったのだろう。

「すぐ終わらせてやる――あっ？」

刺客が槍で迅を突こうとしたが、一瞬動きが止まった。そのまま槍を落とし、どうと前のめりに倒れた。その後頭部には小ぶりの斧が突き刺さっていた。

「……なぎ！」

刺客たちの後ろから現れた少女は眦《まなじり》を吊《つ》り上げ、足を開いて立っていた。

「何があった？」

人を殺したばかりだが、それを気にしている様子はない。なぎはもうひとつの斧を構えた。大きな斧はかなりの重量に見える。

「伊与がっ」

二人の間に立っていた若い刺客がゆっくり振り返った。

「なぎか」

その声になぎははっとしたようだった。

「兄者……」

刺客は帽子を取った。頭になぎと同じ獣の耳があった。

「何故、兄者がこんなことをする」

再会した兄妹は対峙《たいじ》していた。兄は困ったように、妹は怒りに満ちて。

「俺は帝の傭兵だ」

「どれだけ心配していたか。帰ってきたと思ったらこれか」

なぎはぎゅっと斧を握り直す。

真っ白になった頭で迅は感じた。地面から熱いものが噴き上げてこようとしている。

「いいから手を引け。これは朝廷の命だ。おまえには関係ない」

「いやだっ」

今にも兄妹で殺し合いが始まろうかとしていたそのとき——空気が揺れた。

地の底から唸るような音がして、山が火を噴いた。

二　兄妹は刃《やいば》を交える

1

六つ違いで、なぎが物心ついた頃には兄は狩りに出ていた。

誰よりも速く、強かった。憧《あこが》れないわけがない。なぎは兄のしぎの後ろ姿を追い続けた。もちろん、いつか超えるつもりでいた。

しぎが強くなったのは広土の女が産んだ子と言われないためだっただろう。なぎにもその気持ちはあったが、実際しぎへの憧れの方が強かった。

なぎが巫女《みこ》になってまもなく、しぎは島を出た。

奥見族《おうみぞく》は勇敢で強い。そのうえ聴力や視力も優《すぐ》れている。傭兵《ようへい》として、これ以上ない逸材揃《ぞろ》いだ。

島の外で稼ごうと思ったら傭兵しかない。もちろん死んでしまうことも少なくないが、それでも多くの者が行く。そのまま広土で暮らす者もいれば、帰ってくる者もいる。なぎの父ふうぎも若いときに三年ほど傭兵をして戻ってきた。妻を連れて。

そして課せられた徴兵に出て、死んだ。都の衛兵として配備されたはずだったが、折悪《あ》しく乱となり命を落とした。

だから兄には行ってほしくなかった。

島を出たしぎから便りはろくになく、どこにいるのかもわからなかった。生きているのかさえ。

その兄が戻ってきた。

帝《みかど》の刺客となって、流人の〈姫〉を殺しに来た。

「……すまない」

なぎは深く頭を下げた。

「何故《なにゆえ》なぎが謝るの？」

迅《じん》は木の幹にもたれかかったまま、目を閉じていた。細かい傷ができた手足では起き上がるのも辛《つら》いようだ。

「迅の大切な人を殺したのは、わたしの兄だ」

しぎは夜明けを狙《ねら》い、戦えない年配の女を殺したのだ。これは卑怯《ひきょう》な殺戮《さつりく》であって、戦いではない。信じたくないが、それが事実なのだろう。

「私にも兄姉《きょうだい》はいたよ、腹違いだけど。でも会ったこともなくて、兄弟とか考えたこともなかった。向こうは存在も知らなかったかもしれない。代わりに謝るなんて、なぎにとってはかけがえのないお兄さんなんだね」

話はできるものの迅に表情はない。血の気の引いた顔にはまだ色が戻っていなかった。

「帝の刺客になって島に戻ってくるなど。山も怒るはずだ」

「噴火は偶然だよ。まさか焼けた石があそこまで飛んでくるとは思わなかったけど」

あのとき、なぎたちは驚くものを見た。

山のてっぺんから空を覆いつくさんばかりの黒い煙が噴きだし、赤いものが周囲に飛び散った。赤い大きな石が流人屋敷を直撃し、木でできた古い屋敷は炎に包まれた。

なぎはすぐさま殺した男の頭から斧《おの》を回収すると、迅の手を摑《つか》み逃げたのだ。

しぎも暗殺どころではなかっただろう。破壊された家の破片が飛び散り、噴石もいつまた飛んでくるかわからない。

混乱の中を逃げ続け、なぎと迅は雑木林に入った。集落がどうなったか、島の者たちがどうなったか、なぎもわからない。

履物を履いていたなぎと違い、裸足《はだし》だった迅は足をやられた。これ以上、移動するのは無理だった。

「島のことを知っているから刺客に選ばれたんだろうね。朝廷の兵なら仕方ないよ」

迅は感情をなくしたような声で淡々と言う。それがよけいに心配だった。まるで心だけどこかに行ってしまったかのようだ。

「仕方なくはない。兄者は傭兵だ。命令を受けても、逃げてしまえばそれで済んだ。報奨金が目当てで請け負っただけ」

なぎの方は憤懣《ふんまん》やるかたない気持ちが抑えられない。

「お兄さんが大好きなんだね」

そう言われてなぎはどうかなと首を傾《かし》げた。

「何を考えているのかわからないところがあった。わたしほど単純ではない」

兄はある意味閉鎖的な島を憎んでいたかもしれない。

「ごめん……お兄さんと争わせてしまった。人を殺させてしまった」

確かに人を殺したのは初めてだった。門番がいない門から入ってみると、迅が襲われていた。咄嗟《とっさ》に斧を投げていた。なぎは迷うことなく殺したのだ。

「わたしにとって見ず知らずの男より、迅の方が大事だっただけだ」

「でも……私をかばえば帝の敵になる」

怪我《けが》をした子供は震えていた。帝に命を狙われるということは世界を敵に回したと同じだ。そこに巻き込んでしまったことが辛いのだろう。

「屋敷は燃え落ちた。そこにはふたつの亡骸《なきがら》があるはず。迅を死んだことにできないか」

あとは兄を言いくるめられれば、迅は別人となって生きることができないか。

「……私は子供だよ。亡骸を検《あらた》められればたぶんわかってしまう」

そのとおりだった。迅の方がわかっている。二人の門番と二人の流人、なのに亡骸はふたつ。残りはどうなったかと誰でも思うだろう。

「伊与《いよ》は私と関《かか》わったときから、穏やかに死ぬことはできないと覚悟していたと思う。私が殺したんだよ。四年前に私が死んでいれば」

「莫迦《ばか》を言え。殺したのは帝と兄者だ」

なぎは立ち上がった。

「ここにいろ。ばっちゃたちが心配だ、わたしは集落を見てくる。薬や食べ物が手に入ったら戻ってくるけど、この状況では約束できない」

山はある程度鎮まったようだが、被害状況をまったく見ていない。流人屋敷があのとおりなのだから、逆になぎが死んだと思われているかもしれない。

「そうだ、なぎは何故来てくれたの、あんな時間に」

「山の様子から流人屋敷も避難が必要になるかもしれないと伝えに行った。男たちは見張りに出払っていたから、わたしが行くと言った」

夜中に急な兆候が見え、集落では誰も眠らず警戒していた。そこら中に触れを出した以上、流人屋敷にも報《しら》せないわけにはいかない。なぎは自らその役目を受け、夜明け前から歩いて到着したらあのとおりだ。

「……眠れなかったのはそういうことだったのかな」

「兄者は島のことを放ってでも捜すだろう。出てくるな。迅は誰が見ても島の子でないとわかってしまう。これを預けておく、自分で身を守れ」

迅に斧を渡した。刺客を仕留めた小ぶりの斧だ。不安そうな子供を残し、立ち去ろうとしてなぎはもう一度振り返った。

「島は危機に瀕《ひん》している。でも誰も死ぬ必要はない」

迅が肯《うなず》いたのを見て、なぎは木々の中を駈《か》けた。


林の中を抜け出ると、山から黒煙が立ち上っているのが見える。まだまだ油断はできない。禍々《まがまが》しい煙と空の青さの対比がなんとも皮肉に見えた。あさぎの安否を確かめるため、集落へと向かう。途中、荷物を担いだ島の男に出会った。

「村はどうなっている」

「なぎか。あさぎ様が大慌てだったぞ。流人屋敷が燃えていたからな」

「山から燃えた石が飛んできたんだ。そうか、ばっちゃは無事か。ありがとう、気をつけていってくれ」

「おう。おめえもな」

男とそこで別れ、なぎは走った。

集落は火山灰ですっかり灰色になっていた。それを皆が掃いている。見る限り家屋に大きな被害はないようだ。

「なぎっ、無事だったの」

顔を灰だらけにしたふちかが駈け寄ってきた。

「わたしは大丈夫だ、皆はどうだ」

「この集落に死人は出てないみたいだけど、島の南がやられたわ。男の人たちは助けに行っている。熱い石が飛んできて怖かった。小屋に当たって火がついたけど、みんなで消したわ。あさぎ様に早く顔を見せてあげて。もう、半分諦《あきら》めていたわよ」

すでに昼だ。流人屋敷に向かった曾孫《ひまご》が見つからないなら、死んだと思われても仕方ない。皆に話しかけられそうになったが、なぎは家へと駈けていった。

「ばっちゃ、今帰った」

「なぎっ、生きておったか」

あさぎは目を見開くとなぎに駈け寄って手を取った。

「よかった……よかった」

可愛《かわい》い曾孫まで失ったかと嘆いていたのだろう、小さな目にうっすら涙が滲《にじ》んでいた。

「わたしは死なない。心配しないでいい」

「莫迦を言うでないわ。人は死ぬんだよ。噴火のせいで流人屋敷が燃えたと聞いたらそりゃもう……わたしは生きた心地がしなかったよ。それで、流人の姫たちはどうなった」

「……わからない。混乱してたから」

姫たちは死んだと言っておきたかったが、亡骸が子供でないことがわかってしまえば面倒なことになる。ここは嘘《うそ》をついておいた。

「そうかい。自然のことだから朝廷にもそのまま報告するしかないだろうよ」

「兄者は……？」

「こんなときに、しぎがいてくれればどれほどありがたいか。まったくあれは何をしているのやら」

やはりここには顔を出していないようだ。

「おまえを案じてわたりがすぐに流人屋敷に向かってくれたが、会わなかったか？」

「会ってない」

まだ戻ってきてないとしたら、わたりは無事なのだろうか。さすがに少し気になった。

「捜しに行ってみる」

「入れ違うのがおちだよ。何、わたりなら心配いらない。ほら、擦り傷に薬を塗っておかんと」

あさぎは血が滲むなぎの足に軟膏《なんこう》を塗る。

「何か食べるか」

腹は減っていないか、疲れてないか、男の子と喧嘩してないか——いつもこうして育ててもらった。曾祖母《そうそぼ》といるだけで安心できたものだ。

「適当に食べておく。ばっちゃも寝てないんだろ。横になって休め」

なぎは流しに行くと、大きな袋の中に果実や干し肉を入れた。着替えの衣類と履物も持っていく。

「周辺を見回ってきてもいいか」

「疲れておらんのかい」

「わたしはなんともない。じっとしていられない」

「山には入るなと言われておるぞ」

わかっていると応《こた》え、なぎは外に出た。

黒々と広がる噴煙は空を覆いつくしそうだ。日当たりが悪くなれば、さらに作物にも影響が出るだろう。この塵《ちり》が土に害をなすかもしれない。いや、人の胸にも障るのではないか。当分山の幸も望めない。

なのに自分は流人にかかずらわっている。兄はその流人を殺そうとしている。曾祖母にも顔を見せてないのだから、まだ迅の命を狙っているとみて間違いない。

奥見族屈指の戦士はただの暗殺者になったのだ。

手の甲の傷を舐《な》めた。

石で切った足の裏が痛かった。沓《くつ》がないと歩けそうにない。

なぎの強さに比べ、自分はなんとひ弱なことか。武器になればと思って作った棒も結局ここまで逃げるための杖《つえ》になっていた。

白い耳の少女は一撃で刺客を倒した。怯《ひる》むことなく、臆《おく》することなく殺した。流人の〈姫〉なんかを助けるためにだ。

迅は結局何もできなかった。伊与を殺されたというのに。

守ることも立ち向かうこともできない。子供だからなどなんの言い訳になるだろうか。この島の子なら迅くらいの歳《とし》でも狩りに出ていると聞く。

流人の姫が男であることを帝は知り、イノリの祟《たた》りより現実の脅威を取り払うことにしたのだろう。男だとしても、なんの力もない子供だ。それでも将来のために微々たる禍根でも断ちたかったとみえる。

人は不幸になると心に鬼が宿る――伊与はそう言っていた。我が子を亡くした帝が動くことを案じていたのだ。

（私の心にも鬼が宿ってしまった）

父を殺され、母を殺され、伊与を殺され……今、この胸は空っぽで、なのにふつふつと底から怨嗟《えんさ》が湧《わ》いてくる。私は帝に祟りたい。殺せるものならなぎの兄も殺したい。それが偽らざる心のありようだった。

「……祟れるものなら」

どうすれば祟ることができるのか。帝に祟れば、国や民はどうなるのか。自分が死んだ方がこの世は安寧なのではないのか。

考えるべきことは多い。ただ今はひとりぼっちになった悲しみと、この先どうすればいいのかという心細さが勝っていた。

伊与を殺された悲しみより、おのれの明日を案じているのかと思うと幼心にも自分が許せなかった。

逃げるところがあるとは思えない。逃げていいのかという葛藤《かっとう》もある。

島の人は大丈夫なのだろうか。なぎが戻ってきてくれるのかどうかもわからない。迅は痛む足で立ち上がった。

動かない方がいいのだろうが、少し周辺の確認だけでもしたかった。屋敷から北に逃げてきたと思う。なぎが噴煙の流れを見て、そう決めたのだ。林の中に潜み、大地が震える音を聞いていた。

恐ろしい時間だった。このままどうなるかと思った。今はだいぶ鎮まっているようだが、あのときは島が沈むのではないかとさえ思えた。

「鹿《しか》だ……」

木々の間で、小さな鹿が死んでいた。噴石で怪我をしてここで力尽きたようだ。迅もこうなっていても不思議ではなかった。

ここでは火を熾《おこ》せないので焼いて食料にすることはできない。だが、これを活用できるくらいでなければ、この先生きてはいけないだろう。

「……そうだ！」

迅は預かった斧を摑んだ。

見よう見まねで毛皮をはぎ取ると、血飛沫《ちしぶき》が上がった。鹿の亡骸を残してその場を離れた。ここに鴉《からす》が集まってくるだろう。いれば目立つ。

毛皮は乾くまでは使えない。真っ赤になった手を見て、恐ろしくなってきた。これくらいなら伊与もやっていただろう。新鮮な雉鳩《きじばと》が届いたと言って、よく鳥を捌《さば》いていた。自分は怖くてそれを手伝おうとはしなかった。この程度で気持ちが悪くなるほど、自分は温《ぬる》い育ち方をしてきたのだ。

箱に入れられ、戦う気力を削《そ》がれ、自然に死ぬのを望まれ、徹底的に牙《きば》を抜かれる。それこそが帝の祟り封じだった。

自分にできることはないと諦めていたのだ。

動く気になったのは、大きな白い猫を見たときだった。気持ちが駆り立てられた。

あの不思議な獣のようにどこまでも走ってみたかった。初めてこの身が惨めな存在であることに気付いた。

(私は私の意思で動く)

この先どれほど生きられるかわからないけれども、そうしようと決めた。

喉《のど》が渇いたが、水はどこだろうか。野山には井戸はない。なぎが戻ってこなかったら夜を待って水を探しに行こうと考えた。島の状態によっては絶対に戻るとは約束できない、そう思ったからなぎも武器を置いていったのだ。

再び座りこむと幹にもたれかかった。こんなときでも腹はすくし、眠くもなる。

イノリには人智《じんち》を超えた力があるから畏《おそ》れられ、軟禁されていたのだろう。

イノリに祟る力があるというなら、ここまで無残な想いをしていない。すべては偶然で、イノリのせいにされてきただけなのだ。

もう姫ではない。

帝に命を狙われている少年にすぎない。力も何もない。祟ってやることもできない。祟りたい、仇《かたき》を討ちたい。

イノリになりたかった。

何かしら力がほしかった。

迅はうずくまって泣いた。

初めて生まれた子供が四つ耳で両親は泣いたという。

無論、安堵《あんど》の涙だ。奥見島で暮らす以上、外見に差違があれば暮らしにくくなるのは必定。頭の上の獣耳こそが奥見族最大の特徴なのだから。

厳しい自然の中で生きる奥見族は一族の結束が固い。広土の干渉を受けながらも島を守り続けてきた。そのため、よそ者には厳しい土地柄だ。幸い母は周りの助けもあり、島になじむことができたようだ。それでも苦労はしただろう。

『しぎがいてくれるだけで強くなれるわ』

そう言ってよく抱きしめてくれた。

しぎは母を守るために強くなりたかった。他の子供などには絶対に負けるわけにはいかない。この島では強さこそ財産なのだ。

よくもこんな島に嫁に来たものだと思うほど、母は華奢《きゃしゃ》な女だった。人間関係以上に気候風土はきつかったと思う。

そして母は二人目の出産で命を落とした。冬の寒い日だった。寒さと栄養不足は弱者を直撃する。奥見島の冬はそれだけ厳しい。二人目の子にも獣の耳があることにほっとして母は死んでいった。極寒の中、皆で妹を育てた。

なぎと名付けられた妹は獣の乳でもすくすくと育った。誰よりも丈夫な赤子だった。母が命と引き替えに産んだ子だ。しぎもどれほど大切にしたことか。

なぎを守るためにもまた強くなった。もっとも成長するにつれ、なぎは守られる必要もないほど強くなったが。

(顔立ちだけは母に似ているから始末に負えない)

あの顔で責めるように睨《にら》みつけてきた。

兄の苦労も知らずに。

獲物を見失った。

妹に噴火。とんでもない邪魔が入ったものだ。しぎはいったん休み、左の目を冷やしていた。粉塵が目に入り目蓋《まぶた》がうまく上がらない。

目を閉じるとなぎの姿が浮かんでくる。

久しぶりに見た妹は随分と逞《たくま》しくなっていた。ここを出たときは態度や顔立ちにもまだ幼さが残っていたが、躊躇《ちゅうちょ》することなく刺客を一撃で殺した。血は争えない。

体格こそ小柄だが、あの眼差《まなざ》しの激しいことときたら。もっとも、自分はもう草を刈るように殺しているのだが。

殺せば、イノリの祟りを喰《く》らうかもしれない子供だ。命令されても誰もが臆した。手強《てごわ》い相手かどうかというならたいしたことはない。だが、イノリは得体の知れない恐怖。神に近い。成功報酬は桁違《けたちが》いだった。

できれば速やかに殺して流人の首を持って帰りたかった。島の者と会うことなく。報酬は首と引き替えだ。

イノリは確かに恐ろしい。しぎも一人知っていた。

だが祟りなどというふざけたことをしぎは信じてはいなかった。人を殺すのは人だ。死者ではない。

（……不首尾でも連絡せねばなるまい）

指を口に入れ、ピーと高い音を出す。

まもなく頭上に灰色の鳥が現れ、しぎの膝《ひざ》に留まった。

「やはり来ていたか」

鳥は何も答えない。見て、聞いて、飛ぶだけだ。

「まだだ。流人は噴火のどさくさに紛れて逃げた。追っているが、あの皇子《おうじ》は普通の子供ではないかもしれない」

鳥は一度目を閉じ、開く。目の前の男に驚いたように飛び立っていった。

最初からこれほど躓《つまず》くとは予想外だ。自然現象と妹には勝てないらしい。しぎは腰の剣に手をかけた。指笛は鳥以外のものも招いてしまったようだ。

「出てこい。逃げれば殺す」

樹木の陰に潜む男に声をかけた。

「やあ、しぎ兄《にい》」

薄ら笑いを浮かべて現れたのは幼なじみの弟分だった。しぎの知るわたりは少年だったが、今は背も高くすっかり青年になっていた。独特の調子のいい雰囲気に磨きがかかっているようだ。

「帰ってきていたなら報せてくれればいいだろ」

「帰ってきたら噴火だからな」

わたりは全部お見通しのような顔で笑う。頭の上の茶色い耳が楽しそうにぴくぴく動いていた。相変わらず、奇抜な格好をしている。

「へえ、鳥と話す余裕はあるのに？」

「休んでいただけだ。粉塵が目に入ってな」

どこまで察しているかが気になる。

「島長《しまおさ》やなぎが心配じゃないのか？」

「被害は島の南だ」

「そうだな。でも、家族に会いに来たわけじゃあないってことだよな。何しに帰ってきたんだい？」

「すぐに戻るつもりだった。この状況で会えば、島に残って手伝うことを求められる。無事ならそれでいい」

しぎは立ち上がり、荷物を持った。

「島の一大事だ、手伝わないのか」

「仕事がある」

「どうせすぐには戻れないと思うけどな。噴火が怖くて船も迎えに来られないだろ。それなりの船でなければ海は越えられない。それとも当てがあるのか」

わたりはやんわりと攻めてくる。

「なぎは噴火の兆候があることを流人屋敷に報せに行ったんだよ。気になって、俺が様子を見に行ったんだけど、屋敷は燃え落ちていた。調べてみたら、焼けた亡骸がふたつ。あそこには門番も二人いたけど、見つかっていない。死んだのは誰なんだ。流人の姫か、その乳母《めのと》か、門番か……それともなぎか。教えてくれよ、しぎ兄」

こいつは昔から油断できなかった。下手な誤魔化しは利かないだろう。

「なぎではない」

「だろうな。いかに容赦のないしぎ兄でもなぎは殺せない。俺、覚えているよ、愛想はなくても本当に可愛がっていたものな。いつだったか、なぎが川に落ちたときも――」

「無駄話はよせ」

「でも、ま、しぎ兄も流人屋敷が燃えたとき、その場にいたわけだ。さしずめ、交代した門番の一人だったってとこかな。さっき島と流人がどうとか話していたよな」

「おまえは小賢《こざか》しいな」

昔から厭《いや》な奴《やつ》だった。こちらの腹の底を見る。

「わざわざ門番をするために島へ戻るわけがない。とすれば、朝廷から雇われたんだろ。なんのために？」

「仕事の内容を話すわけにはいかないんだよ。じゃあな」

これ以上は関わらない方がいいだろう。早く流人の〈姫〉を捜さなければならない。ただ、なぎがついているとまた面倒なことになりそうだ。

「俺、しぎ兄が帰ってきたこと話すかもよ」

「勝手にしろ」

すでになぎと会っているのだから、隠せることでもない。だが、なぎは兄が帝の刺客としてこの島に来たことまでは話さないだろう。なぜなら、自分も流人の〈姫〉を連れて逃げているからだ。帝にそむいているという点に関してなら、島にとってはなぎの行動の方が問題なのは間違いない。

「朝廷から請け負った仕事は暗殺だろ」

しぎは腰の剣に手をかけた。察しのいい奴はこれだから困る。

「その剣いかしてる。鞘《さや》の金具の細工は広土のどこだろうな」

わたりは怖がる様子もなかった。

「詮索《せんさく》はやめておけ」

「そういうの推察するのが好きなんだ。いくらなんでも島の人間を殺そうとは思わないだろうし、朝廷もそれをしぎ兄に依頼するほど莫迦じゃない。筒抜けだ。となれば、相手は島にいるけど、島の者じゃない。狙いは流人の姫しかありえない。だよな」

わたりの方も腰の短刀に手をかけた。

「俺とやり合うか」

「いや、命が惜しい。なあ、悪ぶるのはしぎ兄の悪い癖だ。そんな気があるなら、今こうやって話す必要もない。なぎも俺も始末すればいい。今なら全部噴火のせいにできる」

しぎは剣から手を離した。

「なぎがおまえを嫌がるわけだ」

「何故帝が流人の姫を今更殺そうとするのか。都で何かあったか、それとも……。まあ、そこはいい。が、思わぬ噴火となぎの登場で暗殺に失敗した。姫は行方不明、捜し疲れて休んでいたんだろ」

「その話は誰にも言わないでおけ。帝は流人の〈姫〉がひっそり亡くなられることをお望みだ。島の者も知る必要はない。下手に絡むと災いになりかねないだろう。おまえならわかるな」

わたりはまあねと肯いた。

「ならば、協力しないか。流人の〈姫〉はおそらくなぎが連れ去った。巫女が帝に抗《あらが》ったことになる。島にとってよくないことだ」

「へえ。じゃあ、屋敷の亡骸は姫の乳母ともう一人の門番か。しぎ兄が仲間をやったんじゃなければ、そっちはなぎかな」

睨みつけると、わたりはおどけて自分の唇を指で摘《つ》まんだ。

「どうする。選択肢は協力するか、会わなかったことにするかだ。邪魔をするなら殺す。確かに今ならたいていのことは噴火のせいにできる」

昔のしぎではないということを、わたりもなぎも知るべきだろう。ここにいるのは帝の刺客だ。

「イノリの母親を持つという姫だろ。暗殺の共犯になるのは気がすすまないな」

島ではそのあたりを知らない者も多いだろうが、さすがにわたりはイノリが殺した者を広く祟るということを聞いていたようだ。

「そうだろうな。だが、おまえはなぎの居場所を教えてくれればいい。それは殺しとは関係ない。俺は妹と話したいだけだ」

「兄妹の再会に手を貸すだけなら、まあありだな」

したたかな男の頭の中で損得勘定が出来上がったようだ。

2

姫様、そんなところで眠っては風邪をひかれますよ――声が聞こえた気がした。

目を覚ますと睫《まつげ》が濡《ぬ》れていた。森の中でひとりぼっちだった。早朝何もかも失ってここにいるのだ。

「伊与……」

迅はもう一人の母を失ったのだ。

どちらの母も迅のために死んだ。この手で殺したようなものだ。帝を憎むより、おのれを責める気持ちの方が強かった。無力感はひしひしと募り、何も見えない。

手のひらに大地の揺れが伝わってくる。山を中心に放射状に震動が伝わっているのだろう。木々の間から見える空にも黒い煙が広がってきているのがわかる。噴煙は収まってないのだ。

死火山と思われていた山が動きだす。それを思えば帝が死んだも同然の子供を殺しにかかるのもわからないではない。絶対の死を確認しない限りは安心できない。それが支配者の心情だろう。

「いるか、わたしだ」

その声に迅は跳ね起きた。

「なぎ、ここだよ」

木々を縫うように駈け、なぎがやってきてくれた。

「よかった。鴉が集まっていたから慌てた」

「あれは鹿だよ。ありがとう、来てくれて」

もし、なぎが来られなくても、それは仕方ないと半分諦めていた。

「幸いわたしのいる集落の被害は少なかった。それより、飲め」

なぎが竹筒を差しだした。ありがたく受け取ると、迅はゆっくりと水を飲む。渇いた体と疲れ果てた心に染みていくようだった。まだ、生きているからだ。

「あとは食料。ほら、赤桃。それに麦飯を握ったもの。干し肉は残しておいた方がいい」

「……ありがとう」

「今後のことを考えよう」

なぎは島の地図を広げた。

「いいか、今いるところはここ」

島の北東部を指す。海が近い。おそらく屋敷を抜けだしたとき向かった方角だろう。

「ここはあの崖《がけ》？」

「そうだ、絶望岬。昔から飛び降りる者が多い。亡骸は上がらない。用を足したのは迅くらいかもしれないいな」

「ごめん、罰当たりでした」

恥ずかしくて迅は頭を掻《か》いた。

「いい。聖域みたいになったらよっぽど問題だ」

「琉貴姫《るきひめ》が亡くなった場所だったよね」

「わたしの母は島になじもうと頭の上にふたつ髻《もとどり》を結った。奥見族の耳のように見えればと思ったそうだ。そして琉貴姫の肖像画もそのように描かれていた。琉貴姫もこの島に溶け込もうと思っていたのではないかと思う」

迅は目を見開いた。

「きっとそうだよ。政略結婚だとしてもこの島に来れば気持ちも変わるよ」

「わたしもそう思った。でも、そう思いたいだけかもしれない」

「百年くらい前に死んだ人だよね」

何故なぎは昔の人のことでそんなことを思うのだろうか。

「兄者を憎んでくれ。殺してもかまわない」

「え？」

「帝も恨め。それが生き残る力になるなら、今はいくらでも憎んでくれ。でも、いつかそれ以外の力が出たなら、どうか少しでも許してやってくれ」

なぎは両手をついて、頭を下げた。

「私にできることなんかない。許すこともできない」

心も未来も寒々と白い。恨みたくても、恨む力もなかった。

「今は逃げろ。広土に行ければただの子供で済む。孤児はいくらでもいる。その一人だ」

「……なぎ」

「それに兄者を皇子殺しにするのも厭だからな」

「船に乗る以外逃げ道はない。でも島はこんな状態で船どころじゃないよ」

そんなに遠いわけではない。だけど船頭なしで越せる海ではないと聞いている。

「そこが問題だ。考えてみる。ところで、なぜ女でないと帝にばれた？」

「わからない。ただ、産婆や端女《はしため》なら知っていて当然だから」

口止めはされていただろうが、帝に問い詰められれば隠すことはできないだろう。

「今更そんな話をするか？」

「大兄様《おおえ》……帝のご長男が身罷《みまか》られたとか。それを祟りと思ったかもしれない。そこから改めて調べてみたくなったのかも。伊与はそれを怖がっていた」

「莫迦ほど祟りだの呪《のろ》いだののせいにしたがるものだな」

なぎは勇ましく言い切ると、そばの枝に干してあった毛皮に目をやった。

「あれは？」

「鹿の毛皮。噴石が当たったらしく死んでしまったから」

「ああ、さっきの鴉のあれか。いい毛皮だ。まだ乾かないだろう。これを着ておけ、少し大きいだろうが、わたしの服だ」

差しだされた衣類は質素な麻の上下だった。藁《わら》で編んだ履物もあった。

「……何から何まで」

「いい。わたしが勝手におぬしに関わった」

「私の首を持っていかないと、お兄さんが朝廷に追われるよ」

「兄者を殺せる者など広土にいるものか」

その点には絶対の自信があるようだった。

「これは火打ち石だ。使えるか」

「もちろん」

「短刀も持ってきた。斧は返してくれ。その髪も島の子供に見えるよう直しておけ。あとは何かかぶってしまえばわからん。島には五千人以上いる。全員知っている者はいない」

斧を返し、短刀を受け取った。

「琉貴姫と同じように小さな髻をふたつ結い、その上にあの毛皮で作った耳をかぶせられないかと思って」

「それはいい。簡単には気付かれないだろう」

「憧れていたから。奥見族の耳に。あの、触ってもいい？」

「耳にはむやみに触らないのが礼儀だ。しかし、特別に許す」

礼を言うと、迅はなぎの耳に触れた。その感触に驚く。柔らかくてふさふさして、中はつるんとしていた。

「なぎは白い耳だけど、お兄さんは黒かったね」

「色や形状は皆バラバラ。遺伝も関係ない。茶色の耳の者が多い。それより、暗くなる前に雨露《あめつゆ》が凌《しの》げる場所に移動しよう。崖の下に行く」

「空が暗い……」

迅はなぎに連れられ、歩きだした。貰《もら》った履物のおかげでなんとか歩ける。

林を抜け、迅は空を見上げた。黒い煙に三分の一ほども覆われ、残った空も雲がかかっている。

「雨が降ると粉塵が流れる。それが吉と出るか凶と出るか」

「洗い流されるんじゃないの？」

「消えるわけではない」

話しながら海岸に出た。東の空は琉貴雲《るきぐも》が重い。噴煙を含んだかのような色合いをしていた。

「黒い雨が降るのかな」

考えただけで、ぞっとするような光景だ。

「迅もこの島の冬は知っているな」

「うん。すごく寒い」

海からの風は身を切るようだった。自分は寒さで死ぬのかもしれないと何度も思ったほど、ここの冬は厳しい。

「雪が山を覆い、獲物を狩るのが難しくなる。海は荒れ、漁に出られる日はわずかだ。春夏のうちに食料を保存しなければならない。幼子が死ぬのも冬がもっとも多い」

迅は肯く。冬は食料が乾物ばかりになる。それも辛い。伊与は何度か寝込んでいた。

「今はいい季節だ。この時期にこそ蓄えなければならないが、噴火によってそれも難しくなるだろう。次の冬は大変なことになるかもしれない」

なぎの憂いはよくわかる。島の人にとっては今だけ凌げばいい問題ではないのだ。

「休むなら、あそこの窪《くぼ》みがよかろう。火を使うときは気をつけろ。兄者に見つかったら、思い切って集落に逃げ込んでしまえ。おそらく兄者は大事にしたくないだろうから」

「でも私の暗殺は帝の命令だよ」

「わざわざ夜明けを狙って襲っているんだ。帝も人知れず殺したいということだろう。イノリだった母上との密約もある。表向きは病死したことにでもして、ひっそり流人屋敷を閉じてしまうつもりだったんじゃないか。そこに噴火が起きるのだから、迅は何か持っているんだろうな」

迅は目を丸くして、首を振った。

「私は噴火なんか望んでないよ、そんな島の人が苦しむようなこと——」

「もちろん迅の意思や力だとは言ってない。ただ、帝はそう思うかもしれない」

「……うん。きっと思うだろうね」

我が子が死んだのも炎山が噴火したのも、きっとイノリの祟りになってしまうのだ。

「自らの悪政のせいと思ってくれるなら可愛げもあるのに。この島では噴火はただの噴火だ。広土は面倒臭い」

なぎは崖下《がけした》の窪みに荷物を置いた。

「迂闊《うかつ》に洞窟《どうくつ》には入らないように。兄者に襲われたら逃げ場がない」

迅はこっくり肯いた。

「夕暮れだな。わたしも今夜はここに泊まる」

「いいの？」

「わたしは帝の刺客を一人殺した。もう同じ舟に乗ったようなもの。迅の知っていることを教えてくれ。こちらも答えよう。互いに知っていることを共有したい」

迅は目を輝かせた。

「じゃあ獣の宮と神獣と琉貴姫のことを教えて」

「イノリのことが知りたい」

同時に言って二人は笑った。

「私から答えるよ。イノリの何が知りたいの？」

「獣に憑依《ひょうい》できる密偵とはイノリのことだろう。だとすれば、迅が男であることが知れたのもその線かもしれない。鳥になれば行き来できるうえに、誰も警戒しない」

「そうか……イノリから伝わったのかな」

迅は膝を抱え込んだ。つまり自分はそうやってときどき監視されていたということだろうか。

「イノリはそんなふうに各地の情報を集め、帝に渡すものなのか」

「できることは人によって違うと聞いている。母にはそんなことはできなかった」

朝廷の兵が押し寄せてきたとき、母は嵐を起こした。

「帝は諜報《ちょうほう》活動が得意な優秀な手下を手に入れたわけだ。その者からの情報があって兄者は迅を殺しに来たということか。だとすれば、そのイノリは兄者と連絡を取っている」

「それなら私が生きて逃げていることも知っている」

「まるでイノリとは神々の生まれ変わりのようだな」

「そんなことはないよ。イノリが短命なのはそういう力を使ってしまうから。無理はできないって」

だから母は力を極力見せなかったという。そうして子供も産んだ。

「そのイノリを知っている？」

首を横に振った。当時から帝の元にいたのかどうかもわからない。

「イノリは皆、帝に捕らえられるのか」

「見つかれば、そうなる。目の色が違えばすぐにわかってしまうから逃げるのは難しいと思う。でも昔は見つかり次第殺されたみたい。だから闇《やみ》に潜むようになる。そうなると、帝にとってはよけい危険な存在になる。だから〈保護〉するようになったって聞いた。って言っても部屋と庭から自由に出ることはできないから、ほとんど飼い殺しなんだけど」

母は逃れることはできなかった。父に愛されてもその生活は代わり映えしなかっただろう。

「わかった。わたしも迅の質問に答えよう」

「ごめん、少し休む」

訊《き》きたいことはいっぱいあったけれど、迅は横になりたかった。気持ちが追いついていかなかった。

「わたしの膝を貸してやる」

優しかった母も伊与ももういない。でも、なぎがいる。

(……ありがとう)

口に出せば何度も礼はいらないと言われそうなので、胸の中で言った。なぎの鍛えられた膝は母や伊与より少し固かった。

うとうとしていたと思ったら、随分と深く眠っていたようだった。気がつくと、すでになぎの膝を枕《まくら》にはしていなかった。

なぎもまた岩肌に背をもたせかけ、よく眠っていた。やはり疲れていたのだろう。普段は勇ましくとも、寝顔はあどけなく可愛らしい。きっと装えば綺麗《きれい》な娘なのだ。

(起こさないように)

すぐ戻ってくるのだ、そっとその場を離れた。

木々の中はどっぷりと夜で、それだけでも怖かった。見上げれば月があった。風に山が震える震動が伝わっているように感じた。

山は内部の火を鎮めてはいない。噴火はあれだけでは終わらないかもしれない。

悲しい、憎い。

その感情がないわけではない。ただ、今このときそれを優先してはいけないのだろう。

奥見島に生きる命は運命を共にする。自分にできることがないとしても、足だけは引っ張らずにいたかった。

用を足し、なぎの元に戻ろうとしていたそのとき、草木がこすれる音がした。

何かいる――夜の森がざわめいているが、その姿は闇に隠れて見えない。ふたつの目が不気味に光っているのに気付いたときには、飛びかかられていた。

押し倒され、悲鳴を上げてしまった。なんの獣かもわからないが、グルグルとうなり声を上げている。開かれた口がすぐ目の前にあることだけはわかった。

（食われて死ぬ……？）

必死に押し戻すが、迅の力では投げ飛ばすことなどできなかった。よだれが顔にかかり、恐怖で体がすくんでくる。のど笛を食いちぎられそうになっても、迅はなぎに助けを求めることができなかった。

これ以上騒げばいろんなものを呼んでしまう。獣だけでなく刺客にも気付かれる。なぎにまで危険が及ぶ。

「あっ……！」

もはや抗うのは無理だと諦めかけたそのとき、空気を裂くような音がした。迅を食わんとしていた獣の頭が斬《き》り落とされるや、勢いよくはじき飛ばされた。

どさりと獣の死骸《しがい》が体に崩れ落ちてくる。生温い血が迅の顔や胸を濡らした。恐ろしさのあまり、声も出なかった。

「生きているなら、立てっ」

なぎの声がした。

「な……なぎ」

名前を呼んだだけなのに、情けないほど声が震えていた。

「獣たちが山から逃げてきている。血の臭《にお》いはまずい」

なぎは迅の体から首のない獣を除《の》けた。

「夜は勝手に動き回るな」

「ごめん……起こしたくなくて」

「起こしていい。乳母殿も山犬の餌《えさ》にするために、ぬしを守ってきたわけではないぞ」

なぎは迅の手を摑むと、ぐいと引っ張り立たせた。

「何故、武器を使わなかった」

「……怖くて気が回らなかった」

情けなくてならなかった。短剣を構える猶予くらいならあったというのに。

「わたしがいつでも助けられるとは限らない。強くなれ。流人屋敷の中では守られていただろうが、ここは違う。塀の外はこういうところだ、いいことばかりはない」

囚われているとしか思えなかったが、屋敷は確かに守ってくれていた。門番もいて伊与もいて、食料は運ばれてきた。外に出るとは、自由だけではない。自分で戦って生きていくということだ。

「戻るぞ、その着物は洗わなければならん。替えを持ってきてよかった」

何を言われても返す言葉もない。迅は黙ってあとをついていった。

「犬だったの？」

「狼《おおかみ》もいるが、主に西側だ。もっともあまり区別はつかない。奥見島にいない獣は龍だけだと言われている。龍が獣かどうかも、本当にいるのかも知らないが」

血塗《ちまみ》れの顔を袖《そで》で拭《ふ》きながら、迅はぼんやり思いだしていた。

「水の神宮の池にいるって……聞いたことがある」

「そうか、見てみたいものだな」

本当のところはわからない。誰も見たことがないという。ただ水の神宮は迅の数少ない思い出の場所だった。

「広土は広く、いろんな神宮があったということだな」

「からくり仕掛けの神宮もあるって」

「それは面白い――今後のことだ。疲れているだろうが、聞いてくれ」

迅は顔を上げた。

「今怖いのは獣より兄者だ。わたしでは兄者に勝てない。だから迅を守るには策がいる。いいか――」

うとうとなぎの策を聞いた。しぎも島の地形は熟知している。逃げてばかりでは突破口も開けない。なぎは打って出るという。

兄妹を争わせて申し訳なかった。

守られてばかりで何ひとつできることがないおのれが悔しかった。


翌朝、空はどんよりと曇っていた。

ここからならさぞ素晴らしい朝日が見られるのだろうが、そういう日は珍しいらしい。あのとき突然晴れたのは運がよかったようだ。遠く広土が見えた。晴れればちゃんと見えるのだから、そこまで遠いわけではない。

この場所からは炎山はよく見えない。集中すればかすかな大気の揺れを感じる程度だから、山は小康状態といったところだろうか。

「起きたか」

海岸の向こうからなぎが戻ってきた。

「おはよう。いないから帰ったのかと」

「貝を取ってきた」

疲れているだろうに早朝から一仕事してきたという。その逞しさに迅は驚いた。

「私にも取れるかな」

昨夜のことを思いだすと、貝ですら取れる気がしなかった。山犬一匹に殺されかけたのだから。

「浅瀬の貝だ、誰でも取れる。迅は火を熾して」

言われて迅は準備をした。火焚《た》きや料理は迅も得意だ。焚き火の煙がたなびき、火が通った貝からいい匂《にお》いがした。

「すごい、いい匂い。温かい食事なんて久しぶりな気がする。本当は二日前まで食べていたんだけど」

一昨日の朝、伊与を失った。これが病気で亡くなったというなら、まだ泣き続けていただろう。

「たくさん食べて大きくなれ」

「なぎも」

「わたしがちびなのは母似らしい。残念だけど、たぶんこのままだ」

焼いた貝を食べながら、少し悔しそうな顔をした。

「でも、なぎは強い」

「この島では負けは死に繋《つな》がる。体格や性別を言い訳にしても意味がない」

新鮮な貝は美味《うま》く、なぎの言葉も胸に染みた。

「ほんとにお兄さんと争っていいの」

「わたしたちの絆《きずな》は深い。幼い頃から兄者に守られてきた。自分を犠牲にしてもわたしを優先してくれたのが兄者だ。どんな危険なときも、いつも兄者は命がけで救ってくれた。わたしは……兄者が大好きだ」

なぎはきっぱりと答えた。それから、わざとらしく咳払《せきばら》いをした。

「あ、ところで、イノリが朝廷以外にもいるというのは本当？」

なぎが急に話を変えた。心なしか声にも緊張の色があった。

「うん。母上に聞いた。とても力があって、見つからないように隠れているって」

「あなたのお母さんはイノリだったわね。見たの？」

「そう。母にはその人が見えたと言っていた」

少し汗が出てきた。この会話を聞いているものがいるなら、どんなふうに思っているのやら。

「では、わたしはまた家に戻る。明日来られれば来るわ」

迅は肯いた。不安だが、頼ってばかりはいられない。できることはしようと思った。簡単に死んでは母と伊与に合わせる顔がない。

なぎは荷物をまとめると、肩に担いだ。去っていくなぎを見送り、迅はぎゅっと両手を握る。手も汗で濡れていた。

「火の始末を」

声にして自分に言い聞かせ、履物の紐《ひも》を締め直した。大丈夫、足は速い。なぎもそう言ってくれた。

なぎが去って少しして、迅は雑木林に向かって歩きだした。木の槍《やり》と袋を持って。狩りに行くようにでも見えているだろうか。

「猿芝居はもういい」

背後から男の声がした。伊与を殺した、なぎの兄の声だ。

『いいか、声がするか姿が見えたら木々の中に走れ』

ゆうべなぎに指示されたとおり、迅は立ち止まることなく、雑木林の中に駈け込んだ。

なぎの目論見《もくろみ》だと、しぎはすぐに殺そうとはしないらしい。

「止まれ、さもなくば射殺す」

しぎがなんと言おうと迅は止まらなかった。なぎが逃走経路に花の染料で丸い印をつけ
てくれていたのだ。

『止まれと言われても止まるな、二重丸の印を見たら隠れろ』

なぎにそう言われていた。

片目を布で覆ったしぎが追いかけてくる。黒い印のある木々を縫うように走り、最後に
なる印を見つけ、迅は身を隠した。

見失ったしぎが立ち止まった。

そこをめがけ、矢が飛んでくる。気付いたしぎが剣で叩《たた》き落とした。

「なぎかっ」

頭上から小柄な少女が両手に斧を持って飛び降りてきた。からくも避けたしぎの前になぎが立《た》ち塞《ふさ》がる。

「迅の首がほしいなら、わたしを殺せ」

なぎは容赦なく斧を繰りだした。

「手を引けと言ったはずだ、なぎ」

「断った」

剣と斧がぶつかり合う音が響く。

迅は大木の陰からこの様子を見ていた。兄と妹が本気で闘っている。しぎは困ったような顔をしているが、なぎの可愛らしい顔は鬼神にも獣にも見えた。

「帝の犬の臭いがするぞ、兄者。わたしを悲しませたな」

「引け、おまえに怪我をさせるわけにはいかない」

「わたしは殺すつもりでやっている」

そのとおり、なぎは兄の頭や腹を狙っていた。

『力の差はある。だけど兄者にわたしは殺せない。だからわたしは全力で殺しにいく。それでようやく対等になる』

なぎは可愛い妹であることまで利用して闘うことにしたのだ。しぎに手傷を負わせ捕らえることができたなら、その間に迅を広土に逃がすことができるかもしれない。そのあとで兄を解放しても、広土は広く、人一人捜しだすのは不可能に近い。

そのためになぎはあえてしぎを誘い込むことにした。朝から匂いの強い貝を焼き、声を潜ませず、普通に話した。

「そうだ、ふちか姉《ねえ》が交わり月で、兄者に夜這《よば》いしてほしいそうだ。伝えたぞ」

「……おまえは何を言っている」

場にそぐわないことはわかっているが、言っておかないと義理が立たない。

「俺はこのとおり粉塵に片目をやられている。間違っておまえを殺すかもしれないぞ」

「そうか。なら視界が狭くなっているな。せいぜいそれも利用する」

これだけ聞いているとなぎの方がひどいが、すべては迅を守るためだった。

走りながら、武器を繰りだす。剣と斧が耳障りな金属音を響かせた。なぎの斧がしぎの着物をかすめ、しぎの剣がなぎの髪を切った。

小柄ななぎはその俊敏さを大いに生かし、帝の刺客を悩ませていた。だが、まともに刃を交えればどうしても力負けする。

決着はつかず、闘いは長引いていた。

そのとき一本の矢がなぎのふくらはぎをかすめ、地面に突き刺さった。

「……わたりっ」

なぎが振り返ると、木の上から若い男が飛び降りてきた。

「ここは任せて、流人の姫を捕まえろ」

わたりはしぎにそう言うと、再びなぎに矢を向ける。

「悪いな、なぎ」

「犬の犬になったか」

「いいねえ、その辛辣《しんらつ》さ」

「逃げろ、迅」

しぎに追いかけられ、迅はその場から走って逃げた。殺されるのか、殺されて首を刎《は》ねられ、帝に献上されるのか。

走って、走って、迅は木の根に足を取られた。地べたが頬《ほお》をこする。

「偽姫様、手をわずらわせないでほしいものだ」

倒れた迅の前に剣先が突きつけられた。しぎが冷たく見下ろしてくる。

「……イノリの話も猿芝居か?」

迅は答えなかった。下手なことを言えばこの男に見透かされる。

「まあいい」

しぎの手刀が首を打ち、迅は一瞬にして意識を失った。


「まあ、そう怒るな」

言いながらわたりがひょいと逃げる。

「……殺してやる」

斧でわたりの頭を叩き割りそうになっていたが、手が届かない。傷ついた脚で動いてももう間に合わない。この男はこちらを裏切った。そのせいで迅は連れ去られた。

「物騒なこと言うな。ほら、まず手当てしろ、それから家に戻ろうや」

わたりが布と塗り薬を出した。どうやら昨日からここまで計画済みだったらしい。この男がしぎに協力するなんてことまで予想できるはずがない。

「自分でやる。触るな」

差し出された布と薬をひっつかみ、なぎは矢がかすめた足を手当てした。悔しさに歯噛《はが》みする。だが、それより何より迅のことだ。

「迅は殺されたのか」

「いや、まだ殺していないと思う。おまえたちが話していたイノリのことを知りたいはずだ。もちろん嘘だとは思っていただろうがな」

なぎはひとまず安堵した。簡単に殺されないために聞こえるように話しておいた出鱈目《でたらめ》だ。たとえ嘘だと思われても、帝に仕えている以上確認しないわけにはいかない。

「兄者はどこだ。迅を助けに行く」

「その足じゃ、おまえもしぎ兄に捕まるだけだ。目の前でなすすべもなく、流人の姫――じゃないようだな、流人の皇子が殺されるところを見たいか」

なぎは大きな目でわたりを睨みつけた。

「いつの間に知り合った？　どうでもいいだろう、島の人間じゃない。朝廷の問題だ」

「……神宮で神託を受けた。殺してはならないのよ」

思い切り大嘘をついた。わたりをしぎから引き離す必要がある。

「おまえ、嘘をつくとき女みたいな言葉遣いになるって知っていたか」

指摘され、顔が熱くなってきた。

「わたしは女だ。どこがおかしい」

「でも、普段と違ったろ。気付いているのは俺だけかと思ったが、さすが兄貴だな。しぎ兄もわかっていた」

腹立たしいが、まずは迅を助けなければならない。なぎは立ち上がると歩きだした。

「待てよ、痛むだろ。俺がおぶってやるから」

「おまえが矢で射たからだ。迅も攫《さら》われた。触るな」

わたりの手を振り払い、ずんずん歩いていく。この程度の怪我は日常茶飯事だ。

「わかってるのか、しぎ兄は帝の命を受けて殺しに来たんだぞ。これをおまえが妨げたら反逆も同じだ。俺はおまえを助けたいから――」

「わたしは迅を守りたいのだ」

「だからどうしてそんなにあの小僧にこだわる。俺たちにはなんの関係もないだろ、向こうの内輪もめだ」

なぎは眦《まなじり》を吊《つ》り上げて振り返った。

「……巫女の勘だ。嘘ではない」

勘ではあったが、それが〈巫女〉だからなのかどうかはわからない。小娘の感傷ではないと言い切れないから困りものだ。

「その手を出すのはずるいな。しかも自分でも確信がない」

「言っておくが、我らは迅のことを知ってしまった。殺されようとしていることもわかっている。迅の生死にイノリの祟りが関わるなら我らにも及ぶ。わたりは兄者の共犯、わたしは妹だ。祟りが我らに及べば家族にも及ぶ、家族に及べば島にも及ぶ」

「おいおい、そりゃ脅《おど》しだぞ」

「知っているのだろう。迅を殺せばイノリの母が祟る。帝はそれを畏れて迅を流刑にしたのだ。それにもしかしたら迅は……」

こういう怪しげなことで脅すのは本意ではないが、今はわたりをこちらに取り込まなければならない。この男はしぎが迅を連れ去った場所を知っている。

「おまえがそんな胡散臭《うさんくさ》いことを言うのか」

「神宮の巫女が朝廷に呼ばれている。わたしもだ。胡散臭いのは向こうの動きだ」

それを聞くとわたりは瞠目《どうもく》した。

「なんでまた」

「島長から聞いてないのか」

「聞いてない。親父《おやじ》はそういうことを俺には話さない。帝は変わった女が好きなのか」

「知らぬ。ただ、深殿《ふかどの》から女使者が来たのは、巫女を側室にしようという考えではないかと言っていた」

「……側室?」

まさかという顔をした。

「帝は三十路《みそじ》だ。皇子もいる。后《きさき》もいれば側室だっているだろう。今更、女を集める必要があるか。それもよりによって巫女を」

わたりの疑問はもっともだった。

「大兄皇子が死んだとも聞いた。だから朝廷に何か起きているのだろう」

また面倒臭いとでも言うように、わたりは大きく息を吐いた。

「そういうことなら、あの小僧を殺しても生かしても面倒なことになりそうだな」

「帝の怒りとイノリの祟り、とりあえずどっちもかわす方法がある」

なぎが教えてやると言うと、わたりは頭を掻いた。

「わかった、聞こうか」

3

迅は父のことをほとんど覚えていない。

かすかに一度だけ会った記憶を辿《たど》れば、膝の上に乗ったことがあるように思う。きっと優しかったのだろう。

あとから伊与に聞いた話では、眉目《びもく》秀麗にして聡明《そうめい》、偉ぶることなく分け隔てなく親切であったという。

だが、伊与は迅の教育係だったのだ。父を悪く言うはずがない。その人物像はどこまで本当なのか怪しいものだ。

三十年も帝位についていた先代明承帝《めいしょうてい》が後継に指名したのは長男の孝穂皇子《たかほおうじ》であった。同母弟の葛城《かつらぎ》皇子とも兄弟仲は良かったという。しかし、父である先代帝が病で伏せるようになった頃から雲行きが変わってきた。まず、明承帝の弟の三船皇子《みふねのおうじ》が動きだした。元々野心を隠さぬ男だったようだ。そちらを牽制《けんせい》しているうちに葛城皇子が台頭し、先帝が急死した。重臣らが協議して誰を帝にするか揉《も》め、ついには戦になろうとしていた。

大きな戦になるよりは──父はそう言ったという。

そして迅の一族は死んだ。

もし野心と力のあるイノリを手に入れたなら、大兄であった父を死に追い込み帝位につくことも可能だったのか。

母の美しい緑色の瞳《ひとみ》を思いだす。

帝に仕えるイノリも同じ目をしているのだろう。イノリとて人。帝の覚えがめでたい方が得なことは間違いない。

だが、損得だけで動いてはいけないのがイノリだと母は言っていた。

『あなたには未来があります』

ごめんなさい、母上。

私は殺されたみたいです。だってこんなに首が痛い……。

綺麗──目蓋を開けると星空があった。

あの世とはこれほど美しいのか。母はいるだろうか。苦しみも悲しみもない場所であることを祈った。

「起きたか」

その声に驚き、横を向く。首が痛かった。

「……おまえは」

焚き火に照らされた男はなぎの兄だった。自分はまだ生きていて、この男に捕まっているらしい。

(伊与を殺した男だ)

爪《つめ》が突き刺さるほど、ぎゅっと手を握りしめた。

「あまり起きないから、少し焦ったぞ」

「長い夢を見ていた」

「どんな夢だ？」

昔の夢ははじまりこそ幸福だけれども、必ずせつなく終わる。

誰がおまえになど話してやるものか。母との思い出は私だけの宝物だ。迅は刺客を睨みつけた。

「……私を殺さないのか」

「噴火で早々《はやばや》と船が逃げてしまった。戻るまでは多少時間がかかるだろう。となれば、持っていくなら鮮度の良い首の方がいい。それに、一応は確かめておかねばなるまい。朝廷に見つかっていないイノリのことを」

先延ばしになっているだけで、どうやら自分はこれから殺される予定らしい。足まで縛られているわけではないが、逃げるのは難しいだろう。

すぐそこに川があって木々が鬱蒼《うっそう》と生い茂っているのがぼんやりとわかる。この匂いは火山によるものだろうか。

「ここは炎山なのか」

「今は島の者もなるべく近寄らない。逆に安全だろう。煙も収まってきたようで、いい月夜だ。で、見つかっていないイノリはいるのか?」

迅は目をそむけた。

「教えない」

「そんなものはいないのだろう。なぎの策略か。あれも多少の知恵は回るようだな」

下手に話せば認めることになる。迅は答えなかった。

「こっちが殺せないのをいいことに全力で殺しに来る。俺に聞こえるように、大好きだなどと言ったのも計算だろう。まったくタチの悪い妹だ。あれで巫女というのだから」

忌々しげに顔を歪《ゆが》めた。

「……殺せないんだ」

「妹だ」

迅の父は弟に殺された。身分とやらのせいで骨肉の争いばかりだ。

殺せないという関係が羨《うらや》ましかった。なぎは兄が何を考えているのかわからないと言っていたが、兄はわたしを殺せない――その点だけは、この世の何よりも信じていたように思う。

「食うといい」

しぎは竹筒の水と焼いた川魚を迅に渡した。

「いらない」

「乳母の飯でなければ食えないか。だが、あれはもう死んだ」

かっと頭に血が上った。怒りで拳《こぶし》が震える。

「死んだのではない、おまえが殺したんだ」

「俺が来なければ他の者が来た。男であることを隠していた以上、遅かれ早かれこうなった。殺したのは皇子よ、あなただ」

これほど人を憎めるものなのか、迅の意識がふと遠のいた。

「……山が怒る」

呟《つぶや》いたそのとき、山が震えた。

噴火口からいくつか噴石が飛びだしてきた。迅ははっとして口元を押さえた。許さないと思った。殺したいと思った。山が揺れたのはその一瞬だった。

「乳母が死んだとき、噴火が起きたな。さて、今のも偶然なのか」

しぎは山を見上げ、顔をしかめた。

「私は何もしてないっ」

「それが問題だ。本人は指一本動かさずに影響を及ぼせるとしたら……なるほど、見つかっていないイノリとは迅衛皇子《じんえのおうじ》だな」

迅はそんなはずはない、と自分に言い聞かせる。一度ついた怒りの炎は簡単に収まりそうにない。山が揺れた動揺も大きかった。

「まずは落ち着いてくれ」

「伊与を殺しておいて落ち着けだと」

「なぎのために落ち着け。あいつは諦めない。きっとこの山に向かっている。皇子を助けるためにだ」

しぎの言葉に迅は息を吞《の》んだ。

なぎだけは巻き込むわけにはいかない。噴火させる力なんか絶対にないけれど、なぎにもしものことがあっては死ぬより辛い。

「よし、それでいい。気を静めろ。こうなると日が暮れる前にもう少し移動した方がよさそうだな」

迅の手を摑み立ち上がらせる。焼いた魚を持たせた。

「食いながら歩け」

背中を押され、前を歩かされた。山から溢《あふ》れる煙が空に広がっていた。

「私にそんな力があるなら母も伊与も死んでいない」

「未熟な神かもしれんな。伸びしろはありそうだ」

迅は頭を弱々しく横に振った。

「違う……」

「そうだな、違うかもしれん。だが今は首が繋がったことを喜んだらどうだ。危険すぎて手が出せないとしたら」

立ち止まり、振り返った。

「それで私をどうする気だ」

「帝の判断に任せることになる。真偽はともかく住人のいない離島にでも一生幽閉だろう。奥見島にいられては困るからな」

歩けと、しぎに押される。

「帝の御子が亡くなったのも噴火も、全部私のせいなのか。そう思っているのか」

「帝はそう思う。それだけ恨みを買っている自覚があるうえに、皇子がイノリそのものとなれば……。支配者ほど臆病な者はこの世にいない」

そんな話をしながら、山を歩いているうちに日が暮れた。

暗くなり、しぎは適当な場所で火を熾《おこ》した。手慣れたものですぐに焚き火となる。汗で冷えていた迅の体が温まってきた。

「眠っておけ」

しぎに言われ、迅は体を横にした。山はまだ脈打っている。もう一度熱いものを吐き出したいのだろう、と強く感じた。

山から見る星月夜は本当に降るようだった。幽閉されているときは空と山だけが慰めだった。今、その山にいて夜空に包まれている。

眠くはないけれども、目を閉じた。

（え……？）

柔らかい何かが体に触れた気がした。

目を開けると、ふわふわした白い毛が見えた。自分より大きい獣が寄り添っている。

驚いたが、怖くはなかった。これは以前見た輝く獣だ。大きな猫のような姿をしたあの

——神獣？

おそるおそる縛られた手で触れてみる。

(柔らかい……)

喉元《のどもと》からごろごろという音も聞こえてきた。本当に猫のようだ。母が生きている頃、屋敷に猫がいた。大きさ以外は同じだった。

(私を慰めてくれているの？)

神獣の眼差しは優しい。害意がないのはすぐにわかった。思わず抱きしめて顔を埋《うず》めた。これほどの安心感と温《ぬく》もりは母が死んでから感じたことがない。

「あったかい」

傍らにしぎがいるのに、つい声が出た。

(この島はどうなるの。お願い、なぎたちを助けて)

これ以上、大きな噴火が起きませんように。

祟りがこの島に及びませんように。

奥見族の神様かもしれない猫の毛に顔を埋めた。

獣が薄くなって消えていく。あっという間に夜の闇に溶けていった。馴《な》れ馴《な》れしくしすぎたのかもしれない、そう思うと迅は自分の子供っぽさを恥じた。

「何かいたのか」

声にびくりとして、迅は振り返った。

「……見えたの？」

「気配があった。なぎか？」

しぎは剣を持ち立ち上がると、あたりを見回した。なんの気配も感じられなかったのだ

ろう、首を傾げる。

「気のせいか――いや」

しぎは迅の髪についていた白い毛に気付いた。

「これはなんだ」

「猫が来た、白い……」

「白い山猫は見たことがない。大きかったか」

迅は黙って肯いた。

「神獣かもしれないな。それをおまえが見たというのか」

やはり神獣……迅は肯いた。

「前にも一度見ている」

「目撃する者はたまにいるようだ。里で見た者もいる」

「ここの神は山猫なの？」

「決まった形はない。鹿のときもあれば猪《いのしし》や狼のときもあるという。ただ大きさと輝きでそれとわかるらしい。声を聞いたか」

「喉がごろごろ鳴っていた」

それしか覚えていなかった。

「何か山の異変でも伝えられなかったか」

「話ができるものなのか」

「いや……だが、皇子ならあるいは」

「何も聞いてない。ただ、最初に見たときは走っていた。さっきは……温かくて柔らかかった」

「触れたのか」

「向こうから」

白い毛を見つめ、しぎは何やら考え込んでいた。

「前にも見たというのか」

「屋敷の近くにいて、塀の隙間《すきま》から見えた。そのときは向こうはこっちに気付いてなかったみたいだったけれど。東に駈けていった」

「なぎと出会う前か」

迅はこっくり肯いた。

「……朝までまだある。眠るといい。逃げれば気付く、やめておけ」

しぎは指で目頭を押さえた。

何か気付いたことがあったのだろう。それ以上、何も言わなかった。

4

新緑の季節だ。樹木は天を目指し、草は地を覆うがごとく這《は》う。

活動する火山になってもそれは変わらない。炎山は体内に火を抱え込みながらも、表面では生命を育て続けていた。

飛び散った噴石は至る所に転がっている。土が黒ずんでいる箇所もある。それでも植物は完全には死なない。根も種子もいくらでも命を繋ぐ。人よりよほど強い。

「この山はいつまた噴火するかわからないぞ」

後ろでわたりがぼやいた。

「今は島長の許可がないと入れない。巫女を連れていったとなったら勘当ものだ」

「連れてこられてない。わたしがわたりをここに連れてきたのが事実だ。島長にばれたらそう答えておけ」

なぎは振り返りもせず、山の中を進んでいく。

「それじゃ男としてよけい俺の立場がないわ」

「わたりが兄者は山にいると言ったのだろう」

「しぎ兄ならそうするさ。今なら人が来ない。皇子殺しに島を巻き込みたくないから、見つからないように動きたいだろう」

「わたしもそう思う。兄者に殺されないうちに迅を奪い返す」

迅を殺されたら兄に復讐《ふくしゅう》してしまいそうだ。そうならないためにも、迅を守る。

「しかし、帝に逆らうことになるのはな」

「逆らったら何故いけない。わたりはわたしに帝の側室になれというのか」

「側室とは決まってないだろ。他の巫女はまだしも朝廷からしたら奥見族は蛮族扱いだ。しかも、子が生まれたところで奥見族の子は成人まで生きられるかどうかも怪しい。夜伽《よとぎ》させようとは思わないだろうよ」

わたりの冷静な意見は参考になる。

「そう思う。だが、わたしを呼ぶ理由はなんだ」

「大兄皇子が死んだというのが本当なら、帝はまさに神にすがりたい気分なのかもしれないさ。だから巫女たちに守ってほしいんじゃないのか」

「迅を殺そうとしておいて、神にすがろうなど厚かましいわ。こっちはそれどころではない。祈ってなどやらん。そんな祈り方も知らない」

獣の神宮では収穫と繁殖を祈るが、今上帝のためになど祈りたくもない。

「だいたい今まで朝廷にとって最大の敵は神宮だったのではないのか。そちらに力を持っていかれたくない。だからこそ押さえ込んできた。今更なんだ」

獣の宮など朝廷からなんの補助も受けていない。顧みられたこともない。他の宮はどうだか知らないが、神宮に力を持たれると困るのが朝廷だ。

地方の者は帝よりその土地の神を敬う。それは力の分散を意味していた。過去にも神宮と朝廷の争いは起きている。獣の宮には巫女しかいないが、他の神宮には宮司もいる。宮司は世襲制で、当然その土地の有力者だ。それらを抑えるためにも帝は神宮の頂点でいる必要があったのだ。

「怒ってもどうにもならないだろ。だいたい、しぎ兄から皇子を取り戻してどうするんだ。どこかに逃がせるか。島を抜けだし、広土までたどり着こうと思ったらそれなりの船と船頭がいる」

確かに琉貴雲が重く垂れ込め、陸地が見えるまで苦労するらしい。雲が雨をもたらすことも多く、広土と行き来するのは難しい。

素人が船を奪って逃げられるとは思えない。とはいえ、まずは兄から奪い返すのが先だ。放っておけば殺されてしまうのだから。

「……取り戻してから考える。わたりは兄者を裏切っている。腹をくくれ」

「ひどい女だな。俺はみんなと争わずうまくやっていきたいだけなのに」

面倒ごとを嫌うわたりにとってはとりあえず本音だろう。

「それは神でも無理だ。諦めるといい」

この地に残る神話ですら、ほとんどは争いの記録だ。不可能なことを追い求める暇があるなら今やりたいことをやった方がいい。

「しぎ兄を見つけたら俺は何をすればいいんだよ。頭を射貫けばいいか」

「わたしは殺すつもりで挑むが、わたりは兄者を殺すな。援護でいい」

わたりは顔をしかめた。

「冗談だよ、俺はおまえと違って人の頭をかち割ったことはない。それが厭だから傭兵にもならないつもりだ。で、どこに向かっているんだ。痕跡《こんせき》のあった川沿いからとっくに移っているが」

川魚も獲りやすく視界も広い場所に向かい、人がいた跡を見つけた。山といっても道はある。不慣れな迅を連れて進める山道など限られていた。あとは噴煙の流れを見ながら勘を頼りに登った。

「山の状況を見れば上には向かわない。いずれ都に戻るつもりなら、船が遠くなる西にはいかないだろう。南も噴火で被害があった。とすれば、東からせいぜい北。迅を連れているのだから我らより歩みは遅い。きっとかなり近づいている」

「一応考えて歩いていたか。それでも山は広すぎる」

「ゆうべ迅の夢を見た。この山の川辺にいた。こっちだ」

傷ついた子供に確かに寄り添った。

「ただの夢だろ」

「これは当たる夢だ。で、わたりにしてほしい援護だが――」

なぎは自分の作戦を話した。みるみるわたりの顔が曇っていく。


人が通った跡を見つけたのはまもなくのことだった。

二股《ふたまた》の山道の前に立ち、押し黙って人の足音を拾う。頭の上の獣耳がぴんと張り、向きを変える。山慣れしている男と慣れていない少年の足音を探した。

「こっちだな」

なぎとわたり、二人の意見が一致した。

「では頼む」

ここからは分かれて進む。山道を行く者、草木を分けて進む者。

わたりは肯くと一人で歩いていった。あの男のことだから裏切るかもしれない。これはそのための対策でもあった。なぎがわたりの裏切りを警戒しているということは、しぎも同じだということだ。

わたりはどちらにも義理はない。自分が判断して決めるだろう。おそらく常識的に島の利益を考えるわたりが一番正しいのだ。案外あの男こそ島長に向いているかもしれない。

しぎもこちらが近づいていることに気付いているはずだ。足音を分散させたのはそのためだ。それでもわたりからあまり離れずに進む。

「よっ、しぎ兄」

わたりの声がした。首尾よくしぎを見つけたらしい。軽い調子で話しかけていった。

「へえ、小僧はまだ生かしているんだな」

こちらに情報を伝えてくる。なぎは音を立てないよう草を分け入った。するすると木に登り、弓を構える。枝の上は安定しないが、別に正確に射る必要はない。

「よく見つけたものだな」

「この山は俺の庭だ。なぎだってそのうち見つけるぞ」

「だろうな」

「元気だったか、偽姫。縛り上げられなくてよかったな」

「偽姫ではない。私の名は迅だ」

生きている。迅の声になぎは安堵した。

「今度は帝に生かしておけと言われたのか」

「さきほどから声が大きいのではないか。おまえはやはり信用できない」

しぎが剣を抜いた。即座にわたりが後ろに飛び退《との》く。

「おっと怖いな」

「今度は木の上からなぎが狙っているわけか。あいつの弓はいまひとつだ。どこに当たるかわからないぞ」

わたりも剣を抜いたが、一戦交える気はないようだ。剣では分が悪いのを知っている。

「身内のもめ事に巻き込まないでくれよ、いい迷惑だ」

しぎが剣を振りかぶったとき、なぎは矢を放った。

「うわ、おいっ」

矢がわたりの耳のあたりをかすめた。

その勢いのまま、なぎは斧を握り、兄めがけて飛んだ。本来ならざっくり脳天を割ったところだが、そこは優秀な標的がちゃんと避けてくれるので安心だ。

着地するとすぐさま斧を繰りだす。もっと刃を重ねたいところだが、なぎはしぎの剣をくぐり抜けると迅の手を摑み駈けだした。

「わたり、あとは頼む」

「おい、頼むな、冗談じゃない」

わたりが何か叫んでいたが、あとは任せた。金属のぶつかり合う音が聞こえる。時間稼ぎぐらいはしてくれるだろう。迅を奪われた以上、わたりと闘っても無駄なことだ。しぎは殺さない。

「なぎ……！」

「いいから走れ」

迅の手を引き、なぎは走った。そのうち迅の足が満足に動かなくなってきて、なぎがやむなく駈け込んだのは獣の神宮だった。

「ここが獣の神宮……」

迅はへたりと座りこむと、疲れた目で中を見回した。

「ちっぽけで小屋みたいに見えるだろう。それでも、わたしはここを守りたい。この島の守り神だ」

迅はこくんと肯いた。

「ちっぽけじゃないよ。ここから島は守られている。私の荒《すさ》んだ心も鎮まってくる」

「……兄者と何かあったか」

「私はイノリで……災神《さいじん》かもしれない」

零《こぼ》れ落ちた涙を拭《ぬぐ》う少年に驚く。今まで迅が泣いたところは見たことがなかった。

「莫迦を言うな」

なぎは幼い皇子の手を取った。

「伊与が殺されてすぐ、山は噴火した。さっき、山が揺れたよね。あのとき、私はなぎのお兄さんに詰《なじ》られた。私の強い怒りが山に影響を与えているかもしれないと思われている。だから、逆に殺せなくなったって」

とうとう声を上げて泣きだした。今までよほど張り詰めていたのだろう。

「殺せなくなったと言ったのだな、兄者は。それなら、まずはよかった。心配せずとも、迅は災神などではない。イノリではあるかもしれないが」

迅は濡れた顔を上げた。

「考えてみろ。山はおぬしの乳母が亡くなる前から噴火の兆候を見せていた。これは危ないと思ったから、わたしはあの夜流人屋敷に向かった。山はあのときなるべくしてああなっただけだ。兄者は前日に門番としてやってきてそのことを知らないのだろう。だが、今はそう思わせておけ。兄者もどのみち本気でそんなことは思ってないだろうが」

なぎはそう言うと、大幣《おおぬさ》を摑み振った。せめて今だけは島の安全を祈っておきたい。

「それで兄者は迅をどうするつもりだ」

「帝の指示を仰ぐ必要があると。たぶん、無人島に一生幽閉だろうって言ってた」

「それではここで流人をやっているよりずっとひどいではないか」

なぎは腹を立てた。いったい、こんな子供をどこまでいじめ抜けば気が済むのか。

「しかし、兄者は向こうと連絡を取っているようだな」

「相手がイノリならそれも可能だから」

となるとかなり厄介な話だ。ことはしぎが諦めてくれれば済む、ということではなくなってくる。

「まずは休もう。足が擦れて血が滲んでいるな。洗ってやるから、ちょっとここで待っていてくれ。わたしが出たら中から閂《かんぬき》をかけろ。わたし以外の者が来ても開けてはいけない。わたりでもだ。あいつは信用できない」

わたりからみれば兄妹喧嘩だ。むやみにどちらかに肩入れしたくはない。もっともマシな結果になるであろう方を選ぶだけだ。

「なぎは疲れてないの？」

「獣の巫女はもっとも強い女だ。大したことじゃない」

噴火からここまで確かにろくに休めていない。疲れていないわけではなかったが、人には踏ん張りどきがあるとあさぎもよく言っていた。

桶《おけ》を持ち、宮の外に出た。

昨日揺れた山は今は落ち着きを見せている。噴煙も昨日より少ないが、まだ安心はできない。

川で水を汲《く》み、なぎは神宮に戻った。階段の下にいる人影に気付き、桶を置いて腰の斧に手を当てた。

「おや、なぎかい」

その声になぎは安堵した。曾祖母のあさぎだ。この歳でここまで来るのだから驚きだった。とはいえ、中には迅がいる。どうすれば誤魔化せるものか。

「ばっちゃ、どうしてここに」

「これでも元は巫女だ。山が鎮まることを祈ろうかと思ってたんだよ」

「でも今、入山は禁止されている」

「それをおまえさんが言うかね」

それに関してはぐうの音も出ない。家にも帰らず山にいるのだから。

「わたしも祈りに来た……それだけよ」

「おやおや、そうかい。では一緒に」

「いや、でも、この階段はばっちゃには急だ。外で祈ろう」

「何を言ってるんだい。そんな横着なことができるかい」

よいしょと階段を上っていく。なぎはどうしたものか慌てたが、曾祖母を押しのけることはできない。

(どうする、なんと説明すれば)

中で隠れられるところなどない。

「こんなんじゃ年貢を納めるのも難しいだろうよ。かといってその分を労役にして人手を奪われても大変だ。島は厳しいことになる。せめて祈らねばなるまいよ」

あさぎはつくづくと言う。最長老にここまで山を登ってこさせるほど、奥見島は追い込まれているということだ。

「朝廷は年貢を減らしてはくれないのか。噴火は我らにはどうにもできない」

「その例《ため》しがない。無理だろうねえ」

「でも、それでは冬が越せない」

「そうだよ。島長も頭を抱えている。島は助け合わないといかん。その信頼が奥見族の良さだ。だが、このままだと冬は食料の奪い合いになりかねない」

血気盛んで、戦う一族だ。奥見族間で内戦になったら島は終わる。

「どうすれば……」

「だから祈るんだよ、せめてね」

階段を上りきるとあさぎは腰を叩《たた》いた。

「さて、久しぶりだね──おや」

あさぎが把《と》っ手《て》に手をかけたそのとき、内側から戸が開いた。中には〈少女〉が立っていた。それも頭の上に茶色い耳のある〈少女〉だ。

「は……はじめまして」

迅が深く頭を下げた。なぎの着物を身につけており、見た目はまだ女の子だった。大急ぎで鹿の毛皮で耳をつけたらしい。よく見れば偽の耳だとわかるが、曾祖母にはそこまでわからなかったようだ。

「おやまあ、誰だね。見ない子供だね」

「あ、西の集落の子よ。祈りたいと親に内緒で来てくれた」

咄嗟に誤魔化すが、冷や汗ものだった。わたりの指摘どおり、嘘をつくとき無意識に女のしゃべり方をしてしまっているようだ。

「はい……私は祈りとうございました。この島のために少しでも」

迅の話し方は島の子にしては丁寧すぎた。

「その気持ちはありがたいけれど、子供には危ないよ。あんたたちは島の宝だ」

あさぎは優しく迅の頭を撫《な》でた。耳がずれたような気がしたが、何も言わない。

「……はい」

迅の目が潤んでいた。見ず知らずの者からこんなふうに優しくされたことがなかったのだ。深く穏やかなあさぎの声はどれほど胸に染みただろう。

「わたしはあさぎと言うて、なぎの曾祖母だよ。名前を訊いてもいいかい？」

「あ……万乃《まの》です」

「こんな綺麗な子が島にいたとはねえ。島の中だってまだ知らないことはいっぱいあるものだね」

ここ数日で迅も日に灼《や》けたが、それでも島の子に比べれば白い肌をしている。

「この子はわたしがちゃんと送っていく」

曾祖母に偽るのは心苦しいが、このことは島の誰にも知られたくなかった。

「そうしておあげ。なぎが守ってあげるといい。それにしてもここまで来るのは大変だったようだねえ。これじゃ足が痛いだろうに。そんなに着物も汚れて。せっかくだから三人で祈ろうかい。普段は崇《あが》めて感謝を捧《ささ》げて、ここぞというときはしっかり頼み込む。今がそのときだよ」

あさぎは笑って言った。おかしなことになったが、三人並んで祈りを捧げた。

届くだろうか。獣の神に。

わからない。なぎにはその心を感じることもできなかった。

迅は村の少女の振りを続けた。実際、耳さえあればほとんど区別はつかない。だがこの島には世話する者がいない孤児などいない。だからここで迅がこのまま暮らすことは不可能だ。それでも一時的に誤魔化すことはできる。

「これでいいね、荒れないうちに戻るよ」

あさぎが立ち上がった。

「ばっちゃ、わたしはいつ帰れるかわからない」

「わかってるよ。何かやるべきことができたんだろう。こんなときだ、巫女にはいろいろある」

しわくちゃな顔には多くの苦難を乗り越えてきた強さと優しさが刻まれていた。

「でも、どこに行っても必ず帰ってくる。ばっちゃをひとりぼっちにはさせない」

それだけは心に決めていた。

「琉貴姫様の勾玉《まがたま》はいつ見ても綺麗だねえ。神様にはもちろんだけど、琉貴姫にも祈ってごらん。わたしはあったかいものを感じたよ」

なぎは振り返って青い勾玉を見た。

「この勾玉に……？」

「そうさ。さて帰るとするかい」

階段を下りると振り返った。

「長生きしないといかんね。なぎがいつでも帰ってこられるように。そっちのお嬢ちゃんもいつか遊びにおいで。もう島の子だ」

ゆっくりとした足取りで去っていくあさぎを見送り、迅はその場に座りこんだ。

「……ばれてた」

なぎも肯く。

「そうだな。やっぱり、ばっちゃに隠し事はできん」

誤魔化そうなんて百年早かったかもしれない。

「ばっちゃは誰にも言わない。心配するな」

「私は……島の子？」

「ああ。ここで大きくなった。ばっちゃも認めた。もう島の子だ」

迅は真一文字に唇を引き結んで、洟《はな》をすすった。ぐっと空を見上げる。

ここ数日で随分と逞しくなった。いい男になるだろう。それを見届けたい気がした。

「まのってのは誰かの名か？」

「母の名前。その名で呼んでいたのは父だけだったみたいだけど」

咄嗟に出たのがそれだったのだろう。

「そうか、良い名だ。ほら、足を洗って薬を塗ってやる。それからその耳はもう少し直そうか」

唯一気がかりだった曾祖母の了解を得たのだと思えた。

（琉貴姫の勾玉か）

美しくて冷たい石としか思っていなかったが、心を込めて祈ったなら、何かを見せてくれるだろうか。

三　雲の行方

1

しぎは父と必ずしもうまくいっていなかった。

妻が難産で危ないときも、島のことばかりを優先させたものだ。実際その年の冬は特に厳しく、死者が多かった。

一人でも助けねばならないと島長《しまおさ》とともに駈《か》けずり回っていた。その挙げ句、妻が出産で死んだ。しぎは六歳で母を失った。

子供の頃のように恨んでいるわけではないが、結局和解できないまま父も死んだ。くだらない帝《みかど》の乱に巻き込まれ落命したのだ。見舞金はおろか亡骸《なきがら》も戻らなかった。

朝廷になど忠義を尽くしても、いいことはひとつもない。

ならばおのれのために生きようと思った。利益のために誰かを守り、誰かを殺す。それでいいと思った。そうした生き方を選ぶ以上、身寄りはない方がいい。妹も曾祖母《そうそぼ》もいないことになっている。

それでも奥見族《おうみぞく》であることは姿形でわかる。皇子《おうじ》殺しの話が持ち込まれたのもそのためだっただろう。島のことをわかる者の方がいい、そしてたとえイノリの祟《たた》りがあろうとも蛮族ならば死んでもかまわない、向こうからしたらそういうことだ。

念のため島の誰にも知られず、任務を終え戻る。そのつもりだった。だが、もう一人の刺客が皇子を殺す方を望んでくれたとき、いくばくかほっとした気持ちもあった。イノリの祟りが恐ろしかったのではない。結局、しぎは子供を殺すことに抵抗があった。

死んだ母がよそ者だったこともあり、子供の頃からあまり島になじめなかったのは事実だが、奥見族の血と教えは随分と濃いとみえる。子は島の宝。その宝を殺すことの方が遥《はる》かに罪深いことに思えた。

「あぁ？　そんな気持ちがあったなら刺客なんか断ればよかっただろ、くそ」

訊《き》かれたから説明してやったというのに、わたりが足の下で悪態をついた。裏切られても殺さずに殴り飛ばしただけで許したのだ。この弟分は口を慎むということを知らない。

「思うところがあった」

内側に入り込まなければ、朝廷の暗部は見えない。

「いいから、俺を放してくれよ。殺すと面倒だろ」

わたりはうつぶせにされ背中を片足で踏まれていた。いやいやとはいえ、なぎたちを逃がすための盾となり、しぎの拳《こぶし》で殴り飛ばされた結果だった。

「山で人が死ぬのはよくあることだ。おまえの亡骸は獣がおおかた始末してくれる」

「勘弁してくれよ、しぎ兄《にい》。俺を殺すってのか」

情けない声で命乞《いのちご》いしてくる。

「おまえは俺を裏切った」

「なぎにも同じことを言われたよ。俺にどうしろっていうんだよ。兄妹《きょうだい》で解決すればいいだろうが」

もっともなことを言う。

「よかろう。おまえは今後いっさい関《かか》わるな」

足をどけてやると、わたりは殴られた頰《ほお》を押さえて立ち上がった。恨めしそうな目でこちらを見る。

「ひどい兄妹だな。善良な島民を巻き込んでこんな目に遭わせるんだから」

「おまえが関わってきたのだろう」

「なら、親父《おやじ》に全部報告すればよかったか？　もちろん、倅《せがれ》としてはそれが正しかったとは思うが」

わたりは着物から土埃《つちぼこり》を払った。

「伝えなかった判断は賢明だ。それを死ぬまで守れ」

「なぎは男を見る目がしぎ兄を基準にしている。こっちとしてはいい迷惑だ。兄者なら、何があってもすぐに助けたのなんのと」

しぎは眉根《まゆね》を寄せた。

「あれは俺を犬呼ばわりした妹だぞ」

「だからよけいにタチが悪い」

「おまえはなぎに惚《ほ》れているのか」

「まだ子供だ。だが、いずれいい女にはなると思っている」

「変わった男だな、おまえは。もう、行け。島が大変なときだ、人手が必要だ」

わたりは了解というように片手を上げると、山を下りていった。

一人になったところで、今後の策を考えなければならない。さきほどから上空を旋回していた鳥に向かって口笛を吹いた。

黒い鳥が降りてくる。その細い足には文《ふみ》が結ばれていた。こうして都とやりとりができるのだから、イノリとはたいしたものだ。その力を知っているからこそ、しぎは祟りを否定しきれない。何ものをも畏《おそ》れなかった頃とはそこが違っていた。

（なぎはわかっていない）

イノリとはいわば先祖返り。かつて地上にいた神々の力を受け継いだ者。あの皇子もそうだ。目の色などというのはよくある特徴の一部にすぎない。イノリ本人から聞いたことだった。

「あなたにはすべてを話している。何を帝に伝え、何を伝えないかはあなたの自由だ」

鳥を使い、その目、その耳で世界を知る者。それこそ帝に重宝されるイノリだった。この者さえいれば流人の様子も反乱分子の動きもごく自然に探ることができる。

ただずっと獣に入っていられるわけでもない。かなり疲労を伴うことなのだ。だから用が済めばいったん憑依《ひょうい》をやめる。獣はそこで解放される。回復すればまた別の獣を使い、目的の場所まで移動する。それを繰り返す。

優れた力だ。帝にとって手放せない存在だろう。だが、それは敵に回ればどれほど恐ろしい存在になることか。

このイノリが何を考えているのか、しぎは知らない。だからこそ面白い。守るためというより逃がさないために、しぎはイノリのいる場所の警備をしていた。多くの者が体調を崩し、その職から外れていったという。だが、しぎにはそのようなことがなかった。孤独なイノリはしぎを話し相手とした。

嫡男が急死したあと、帝の中で疑念が生じた。そこに流人の姫は姫ではないという話が伝わってきた。命じられるままイノリは奥見島へ飛び、流人の姫が男子であることを調べ上げたのだ。

「何を考えている？」

鳥に訊《たず》ねてみた。だが向こうにはこっちの声が聞こえても、鳥の姿では会話もままならない。

「イノリが先祖返りなら帝に忠義などあるまい。あなたの方が神に近い」

答えは会ったときにでも聞くことにしよう。

文の内容はやはり迅衛皇子《じんえのおうじ》暗殺から確保に変わっている。確保して一度広土の港町に監禁、そこで取り調べられて新たな流刑地が決まるのだろう。一連の流れはこの鳥に憑依したイノリも見ている。

「帝に御意《ぎょい》とだけ伝えてくれ。ただここは俺にとって故郷だ。好きではないが、守らねばならない。思うようにやるかもしれない」

鳥は、どうぞご勝手にとでも言うように羽繕いを始めた。

「ところで、帝が巫女《みこ》たちを自分の元に招いているらしいな。これは本当に帝の命か」

鳥が肯《うなず》いたように見えた。

「そうか。ならばいい。たとえ招待に応じても、俺の妹は誰の思いどおりにもならないだろう。あなたも見ただろう、あのとおりの気性だ」

鳥は黙って聞いている。この中にいるイノリの顔が思いだされた。蛮族の傭兵《ようへい》の話を楽しそうに聞いていたものだ。

「皇子の乳母《めのと》がこれを持っていた。この意味がわかるな」

しぎが懐から取りだしたものを鳥はじっと見つめる。

「帝の考え、あなたの考え、違ったなら俺はあなたに従おう。しばらくここにいる。よく考えてくれ」

きゅっと鳴いたかと思うと、取《と》り憑《つ》いていたものが抜けたのだろう、鳥は解き放たれたようにそのまま空の彼方《かなた》へと飛び去っていった。


なぎは山を見上げ、噴煙の流れを観測していた。

風向きから噴煙は西に流れている。未《いま》だ収まる気配はないが、火山活動を始めた以上はいつ噴火が起きてもいいように、島の意識を変えていくしかないのだろう。

階段を上り、神宮に入ると迅が勾玉《まがたま》を手に取っていた。琉貴姫《るきひめ》の鎮魂のために置かれていた遺品だ。

「それにはあまり触らない方がいい」

「どうして」

「琉貴姫のものだから。言っただろう、この島では災神《さいじん》扱いだ」

盗もうと思えば簡単に盗める。それでも今尚《なお》ここにあるのだ。皆、手を出さなかったということだろう。

「……そうなのかな」

迅は勾玉をぎゅっと両手で握りしめ、額に寄せた。

「何か見えるのか」

琉貴姫が皇族の一員であったなら、迅とわずかなりとも血縁があるということだろう。悲しみでも喜びでも、感じることがあるのかと考えた。

「ううん、全然」

「そうか、そりゃそうだ」

なぎにもただの宝飾品にしか見えない。よくも悪くもない、綺麗《きれい》なだけのただの石だ。

「でも、これと同じ色と形の勾玉を母も持っていたよ。見たことがある」

「高貴な婦人が身につけるものなのか」

「普段は身につけてはいなかった。奥にしまい込んでいて。ただ、屋敷を兵が取り囲んだとき、母はこれを首から下げていた」

危機の際に迅の母親が身につけていた。これはどういう意味なのか。

「その勾玉はどうなった」

「わからない。帝の兵に奪われたんじゃないかな。でもこれを持っていると、なんだか気持ちが高ぶってくる」

迅は目を閉じ、恍惚《こうこつ》とした表情を浮かべていた。山が小刻みに揺れる。

「置いておけ。むやみに触るものではない気がする。何かもっと――」

思っていることをうまく言えず、なぎは迅の手首を掴《つか》んだ。

「……そうだね。これは琉貴姫のものだ」

迅は勾玉を元の場所に置いた。深い瑠璃《るり》色の勾玉は艶《つや》やかな輝きを見せる。

「一緒に祈らないか。琉貴姫の胸の内を知りたい。ばっちゃが言っていただろう」

「うん。そうしたかった」

ずっと言いたかったらしい。

「何があったのか琉貴姫は身を投げた。亡骸は上がらなかったが、この勾玉の首飾りだけが海岸に打ち上げられた。それがまた、島の者には勾玉にあたかも怨念《おんねん》が込められたように思えたのかもしれない。だからここで預かるしかなかった。迅もいる。今なら、何か伝わってきそうだ」

迅と並び、跪《ひざまず》いて手を合わせた。この少年となら琉貴姫の声を聞けそうな気がする。目蓋《まぶた》の裏に荒れた海が見えてくる。聞こえるはずもない波の音が聞こえてくる。こんな経験は初めてだった。

灰色の雲の下をくぐって――これは広土?

(違う、奥見島だ)

広土から船でやってきて、この島を見ているのだ。

青く澄み切った空の下に緑色の宝石のように浮かぶ島。これが奥見島だ。船が着いたとき、一人の青年が迎えてくれた。

装束からして王族。これは末王だ。革の篠帯《しのおび》は王の証《あかし》。ぴんと立った耳は勇ましく、目は優しく微笑《ほほえ》んでいた。遠くから嫁いできた花嫁を迎えているのだろう。

ほんの少し、胸がときめいた気がした。

見えているものが薄れていく。それでも手を繋《つな》いだ感触があった。大きな男の手だった。それをこちらも握り返す。

「……共にこの地を」

思わず声に出たところで、はっと我に返る。今、声が重なった。迅も同じことを口にしたのだ。

二人は目を見合わせた。

「手を握ったな」

「あの手は王様だったんだよね」

一緒に見て感じたというなら幻ではない。

だが琉貴姫が夫と良好な関係であったのなら、何故《なにゆえ》身を投げたのかがわからない。結局、帝の指示には逆らえなかったということだろうか。

「自害じゃないなら、もしかして帝に殺されたのかな」

迅は悲しげに吐息を漏らした。

「ありえないことではないが」

夫婦仲がよく、使命を拒否した琉貴姫を自殺に見せかけて殺した。推測の域を出ないが可能性はありそうだ。ただ、この島に外から入り、后《きさき》を崖《がけ》に誘いだせるだろうか。

「琉貴姫が死んで王制が潰《つぶ》されたあと、王様はどうなったの」

「軟禁されていたようだ。王がいなくなったあとの統治の道を作り、数年後に病で死んでいる」

島の者が王の夫婦仲まで知っていたとは思えない。まして后は深窓の存在だったはず。嫁いで一年か二年ほどで起こった悲劇。島の者にとっては琉貴姫はよそ者。前後はわからないが、この頃は日照りや大きな山火事などもあり、災いが続いた。そういうことも背景だろう。

迅は憑かれたように置かれた勾玉を見つめた。

「山火事は……どうやって消えたの」

「大雨が消した」

「それなら悪いことばかりじゃないのに」

「朝廷に王制を潰された奥見族のやりきれない怒りが、琉貴姫に向いたのだと思う」

どんな事情であれ、琉貴姫は岬から落ちて死んだ。

百年も前のことで真相などわかるはずもない。曾祖母すら生まれていなかった時代だ。

「なぎのお母様は島になじんでいたんだよね」

「生まれた子供が四つ耳だったのが幸いしたのだ。どちらの色が濃く出るかなどわからないことだから。ばっちゃは集落の顔役だったし、誰にも文句は言わせなかったと思う。だが、琉貴姫は子供ができないまま若くして死んだ」

それ以外にもある。当時ふちかの母親が広土から来た嫁に気さくに対応してくれていたという。だが、后ではなかなかそうもいかなかっただろう。夫である王が気を遣ってくれたとしても、女には女の共同体がある。相互扶助という良い目的はあるが、これはこれで厄介なものだ。

（おそらく、深殿《ふかどの》などこんなものではないだろうが）

帝の妻妾《さいしょう》たちが集まる場所だ。華やかではあろうが、どれほど火花が散っているのか。あるいは寒々としているのか。

なぎもそこに招かれている。

帝の女になれという意味なのかどうかは知らないが、善意で呼んでいるのではないはずだ。必ず裏がある。

深殿から使者が来て何日経《た》ったのか。とりあえず火山は鎮まっているのだから、そろそろ船が戻ってきても不思議ではない。

どうするべきか、それも考えなければならないだろう。

なぎはこの島しか知らない。ここが世界のすべてだった。巫女となった以上、ここで生きてここで死ぬ。そう思っていた。

「なぎ、どうしたの？」

外に出るや神宮の屋根によじ上った巫女を見て、迅は驚いた。

「ここからなら海が見える。相変わらず雲は重いが」

使者の船が来るかもしれないと思うとどうにも気になり、ついつい上ってしまった。巫女になった当時は祈禱《きとう》などよりこれが楽しみだったくらいだ。さすがに十五にもなって屋根に上るとは思わなかったが。

「私も見たい」

こちらを見上げる少年の目が輝いていた。囚《とら》われの姫はもうすっかり島の少年になっていた。

「ほら、上がってこい」

なぎは手を差し伸べた。

「眺めがいい」

「これで晴れてくれれば最高だろうな」

東の空にはいつだって黒い雲が鎮座している。

「あの雲の下は雨なのかな。私がここに連れてこられたときも雨が降っていた」

「降っていることが多いらしいな。だからよけいに航海が難しくなる」

動かない雨雲を動かしたのが迅だ。すぐに雲は戻ったが、確かに青空が広がった。なぎは初めて海の向こうに広土を見た。琉貴雲《るきぐも》の前はなんと呼ばれていたのだろうか。絶望岬は神割り岬だったというが。

「帰りたいのではないか」

「わからない。帰っても家もないし誰もいないから……でも、ここにいることはできない。いたら迷惑をかける」

迅は長く息を吐いた。

「それなのに逃げる術《すべ》もない。私は捕まるしかないのかもしれない」

「帝もしぎ兄も殺せなくなったということだろう。逃げやすくなった」

そうは言っても船がいる。盗んで海に出れば沈むのがおちだ。勝手に死んでくれて帝は大喜びだろう。冗談ではなかった。

「もちろんだけど、船と漁師を奪うわけにはいかない。使者の船で密航するか、それともいっそ捕まって幽閉先の島から逃げるかだ。だが、遠く離れた無人島から子供が逃げだせるとは思えない」

「使者？」

訊ねられ、迅に話していなかったことを思いだした。

「ああ、巫女に都見物させてくれるらしい。もっともそれは建て前だろうけど。何か目的があって招きたいらしい。迎えにくるからそれまでに決めろと言われている。島長ですら反対するくらいだから不安しかない招待だ」

「宮中には素晴らしい神庭《こうにわ》があるって聞いていた。そこでは季節を問わず花々が咲き、光が降り注いで神々が降り立つんだって。帝はそこで天の声を聞いて政《まつりごと》を決めるとか。自らを神格化するための作り話だろうけど」

「迅は信じてないのか」

少年は弱々しく笑った。

「私の運命が天の指示なら恨みたくなるもの」

人の世には神々の意思はないと思った方が、確かに気が楽かもしれない。

「あ、でも、私はこの島の神獣には会ったんだよね。信じないわけにいかないか」

「見たのではなく、会ったのか」

「なぎのお兄さんに捕まっていたとき、私のところに来てくれた。温かかった」

「夜か?」

「そう。心配するなって慰めてくれたような気がした」

思いだすと嬉《うれ》しかったのだろう、迅は微笑んだ。

（あれは……夢だ）

降るような星空の下、なぎはこの山の中を駈けていた。疲れ切って横たわる迅を見つけ寄り添った夢を見た。

夢の中で自分は神獣になっているのだろうか。だとしてもそれが何かの役に立っているとは思えない。

島は災厄に見舞われ、憐《あわ》れな子供一人助けられずにいる。

（だが、ひとつはっきりした）

迅を助けていいのだ。

ここの神はそれを望んでいる。

2

それから四日、なぎと迅は獣の宮にいた。

噴煙は未だ続いている。それでも山は樹木を育《はぐく》んでいる。

ついこのまま収まるのかと期待してしまいそうになるが、気を緩めたときこそ危ないのだろう。

川で魚を獲り、野兎《のうさぎ》を狩った。短い間に迅は野性的に生きていく術を随分と身につけつつあった。獣を捌《さば》くこともできる。最初こそ泣きべそをかいていたが、今日はもう自分で狩りもしていた。

山犬に殺されかけた頃に比べると見違えるようだ。

「血抜きはこれでいい？」

「そうだ。もう任せられるな」

「無駄なくいただかないといけないいんだね。命を奪ってるんだから」

利発な子だ。こういう子が帝になってくれればこの先の世にも期待が持てるというものだが、それどころか朝廷に死を望まれている。

気になるのはあれからしぎが現れていないことだ。おそらくは朝廷の指示を待っているのだろう。

「わたしは里の様子を見に行く。迅はここにいろ。中に入って閂《かんぬき》をかけておけ。しぎ兄は神宮を壊すことはしない」

島を捨てたとしても奥見族。獣の宮を損壊することはない。たいして顧みることはなくても罰当たりなことは絶対にしないと信じていた。

「わかった、なぎも気をつけて。もしお兄さんと会ってもあんまり戦っちゃだめだよ」

「兄者は伊与《いよ》の仇《かたき》だろう。気遣うのか」

「憎いけど……なぎが怪我《けが》をするのは厭《いや》だ」

「承知した」

「あと……山が危ない気がする」

迅の勘なら当たるだろう。

「わかった」

少し不安げな顔をした少年を残し、なぎは神宮を離れた。

迅の予想どおり、実際のところ目的はしぎを見つけることだった。島の者に見つかりたくないのなら、まだこの山にいるだろう。

(説得できるかもしれない)

そこに賭《か》けてみたいと思った。

暗殺指令が変わったのであれば、聞く耳もあるはずだ。そのためなら可愛《かわい》い妹になりきって、泣き落としでもなんでもする。

連絡はやはりイノリがやっているとみて間違いないだろう。門番として赴任したことになっているしぎは深殿の女使者と同じ船で来たらしい。その後は噴火の影響で広土から東の船着き場に船が来た様子がない。

「……あの鳥」

獣の宮を出たときから空にいた。ついてきているのだろうか。

海を越えられるのは鳥だろう。イノリは鳥になってこの島に渡っているに違いない。それならきっとあれだ。

迅がここにいるのもわかっているのか。だが、鳥では攫《さら》っていくことはできない。その仕事はあくまでしぎがやることだ。

「そこの鳥、降りてこい」

なぎは空を見上げて叫んだ。

「おぬし、イノリであろうが。話がある」

無駄だろうとは思いながらも、直談判《じかだんぱん》してみたくなった。

「迅は明日《あすか》何にとって希望になる。殺しても監禁してもならん。大兄皇子《おおえのおうじ》が死んだのなら次はどうなる。そのうちまた跡目争いか。いい加減にしろ。わたしの父は前の乱に巻き込まれて死んだ。今この島は噴火のために難儀している。年貢など取り立てず、支援のひとつもしてみろ。巫女なんか集めて何がしたいのか知らないが、わたしは祈ってなんかやらん。いいか、愚かな帝にそう伝えろ」

少々興奮して、かなりとんでもないことを叫んでいた。実際このまま伝えられたら少々困る。

当然だが鳥は降りてこない。そのまま飛び去っていってしまった。

「あの方向は」

しぎから迅を取り戻した方角だ。もしかしたら、まだあのあたりにいるのかもしれない。

　そちらへと駈ける。風向きだろうか、噴煙の臭《にお》いがする。一度立ち止まり、耳を澄ました。地が鳴る音はしていないか？　獣や虫たちはどう動いている？

　五感が優れている奥見族でもこの判断は難しい。噴火は日常ではないからだ。

「なぎ、何をしている」

　しぎの声がして、振り返った。

「後ろを取られる莫迦《ばか》があるか」

　木の陰からしぎが現れた。その手には剣を握っている。見れば、木の枝にさきほどの鳥が留まっていた。

「鳥はイノリか」

「さあな。さて、そろそろ船も来る頃だ。皇子を返してもらうかな」

「船が来る時期を知っているなら、やはりその鳥はイノリだ」

　剣を握るしぎに襲いかかられたら間に合わない。自分も斧《おの》を握るべきかと考える。

「そう思って随分鳥相手に叫んでいたようだな」

　聞かれていたようだ。神宮にいることを知ったうえで、比較的近くに潜んでいたのだろう。しぎも奥見族、耳はいい。

「帝を愚かなどと。奥見島に災いが及ぶとは考えられないのか」

「お山の大将には言ってやる者も必要だ」

半ば自棄《やけ》になって言い返していた。

「それは一理ある。だが、神の力を継ぐ皇子が現れれば混乱するだけだ。大乱を招く。親父はそれに巻き込まれて死んだ」

「なんの神だ？　仮にイノリだとしても、そこまでの力があるとは思えない。あったら迅は今こんなことになっていない」

しぎは懐から小さな布の包みを取りだした。中から青い勾玉を取りだす。

「見ろ」

「琉貴姫の玉か。いや、そんなはずはない、宮にちゃんとある」

「これは皇子の乳母が持っていたものだ」

「殺したうえ奪ったのか」

妹の目に怒りの炎が灯《とも》ったのを見て、しぎは頭を掻《か》いた。

「言っておくが、俺はあの屋敷で誰も殺していない」

「迅の乳母は血に塗《まみ》れて死んでいた」

「確かに殺すつもりでは行ったが、訊きたいことがあったからな、すぐに剣を振るうようなことはしていない。目覚めていた女は皇子を殺さないでくれと懇願してきた。あの者は皇子にとっての人質になることを恐れて、自分で喉《のど》を裂いたのだ。枕《まくら》の下にこの勾玉があった。イノリだったという皇子の母親のものを預かっていたのだろう」

その話はなぎをいくばくか楽にした。とはいえ、殺したも同然ではある。

「迅は母親の勾玉のことを知らなかった。どうして乳母は教えていなかった？」

「想像はつく」

「言え」

しぎはやれやれと苦笑した。

「兄にはもう少し優しい言葉を使ってほしいものだ。しかし、それがおまえだというなら仕方ない。斧を持て。俺に手傷でも負わせられたら説明してやろう」

「わたしは話し合いに来た」

「こちらから行くぞ」

いきなりしぎに斬《き》りかかってこられ、なぎは後ろに飛《と》び退《の》いた。同時に斧を構える。

「妹に乱暴な」

「どの口が言う」

たちまちのうちに金属が激しくぶつかり合う音が山に響いた。

しぎの速い攻撃になぎは防戦一方になった。刃の部分が長い剣とやり合うのは楽ではない。山では木も切り倒せる斧の方が使い勝手はよかったが、人との戦いとなると使いづらいこともある。斧は生活実用品、剣は人を斬るためのものだから。

（やはり殺すつもりでいくしかない）

手傷を負わせようと思ったら、それしかなかった。なぎはぎりと歯嚙《はが》みをすると、しぎの懐に入り斧を横薙《な》ぎにした。腹を裂きにかかったが、着物をかすめたにすぎなかった。それでもすぐに斬りかかっていく。

「わたしが神獣なのだ。迅を救うことが神託と心得よっ」

神獣になって駈けていたり、迅に寄り添ったりしたのが、実際に神託と言い切っていいのかわからない。何しろ夢だ。だが、神獣になった巫女がそう解釈したのだから、それでいいと思っている。

つまるところ巫女とは神の依《よ》り代《しろ》。今は中に入っていないかもしれないが、いるときはいる。それは向こうの意思だ。

「おまえが神獣だと――やはりそうか」

話しながらも剣と斧から火花が散る。

「わかったなら剣を引け。兄者がわたしを殺せば、島の災いになりかねない。神獣を怒らせるな。兄者にとっては祟るのは迅ではない、わたしだ」

どうだかわからないが、脅してみる。泣き落としができないなら、他のあらゆる手段を尽くすだけだ。

「確かにおまえの祟りが一番面倒臭い」

言いながらしぎが剣を振り下ろした。かすめられ、なぎの髪がぱらりと落ちる。

「おのれっ」

かっと頭に血が上ったとき、ぐらっと地面が揺れた。

山が体内から熱いものを爆発させた。黒い煙が天を目指すように高速で飛びだし横に広がっていく。赤いどろどろしたものが山頂から流れてくるのが見えた。

「噴火か……！」

さすがのしぎも剣を止める。

「前より大きい」

「なぎ、おまえは皇子を連れて避難しろ。これを返してやる。こいつはイノリ以外にとっては意味のない石だ」

いきなりぽいと勾玉を放り投げられ、なぎは慌てて受け取った。

「溶岩は南に流れている。このままだと山火事になり、集落を呑《の》み込む。まずは降りろ」

「兄者はどうする」

「知れたことよ。一人でも多く助けられるものなら助けねばなるまい。他の集落なら俺の顔を知る者は少ない。塵除《ちりよ》けに布で口元を隠しておけば、まずわかることはないだろう」

「島が嫌いだったのではないか」

「いいから行け」

その言葉に押され、なぎは駈けだした。

山がぐつぐつと沸騰している。自然は人のためにあるわけではないと思い知らされる。

獣の宮まで走ると、宮の前に迅がいた。

「なぎっ、山が」

「ほんとに来たな。逃げるぞ」

迅の手を摑み、山を駈け下りていく。

東の集落の近くまで来て、二人は立ち止まった。さすがに迅は疲れ果てていたようだ。

一度頭の上の耳を直さなければならない。

「自然に見える？」

「間近で見なければ誤魔化せる」

奥見族に見えなければ、面倒なことになる。ここには広土の子供は流人の姫しかいない。島長なら亡骸の検分もしただろう。

つまり流人の姫が生きているらしいという情報は島の大人なら共有している。それでも島は捜索に人を割《さ》く余裕がない。暗殺指令のことも知らず、朝廷からまだ何も言われていないので放置しているのだ。だが、広土の者を見つければ〈保護〉するだろう。

「迅、これを」

なぎは兄から預かった勾玉を迅に差しだした。

「これは……?」

「獣の宮にあったものではない。これは迅の乳母殿が持っていたものだ」

勾玉を受け取り、迅はぎゅっと握りしめた。

「伊与《いよ》が」

「兄者が言うには……乳母殿は殺されるより先に自害したらしい。迅を助けるよう言い残して。無論、本当かはわからない。それが事実だとしても殺すつもりであったことに変わりはないけれど」

迅は少しの間黙り込んだ。伊与がそういう形で自害した。この話を自分の中で消化するのに、時間が必要だったようだ。

「本当だと思う。伊与ならそうする。これはきっと母のものを預かっていたんだ。でもどうして教えてくれなかったんだろう」

「それを考えてみるといい」

「うん……理由があるんだよね」

迅は手拭《てぬぐ》いで勾玉をくるむと懐にしまった。

「山が赤くなっている」

「木々に火がついたな。大変なことになる。わたしはばっちゃのところに行く。迅は念のためここで待て」

二人は東の集落の手前まで来ていた。被害が出ているのは南だが、このままだとどこまで火が広がるかわからない。

「……待たないかもしれない」

自分で判断して動くということだろう。それでいいと思った。

「かまわない、迅はもう流人の姫ではない」

なぎは集落へと駈けていった。

3

『これはね、怖いものよ』

何が怖いのか。こんなに綺麗なのに。

母が手に持つ、深く青い勾玉を眺めながら、幼い迅は小首を傾《かし》げた。お守りではないのだろうか。

『わたくしはこれを身につけないことで、ごく普通に生きることにしたの』

『普通？』

『そう皆と同じように。いつまでもあなたと一緒にいたいから……最後のそのときまで』

この母の言葉の意味をこのときはあまり考えることができなかった。

『母様、触ってもいい？』

『だめよ。あなたにはまだ早い』

母は勾玉を小箱に戻した。

『早いって？』

『使わないで済むのがいいのよ』

『使うものなの？』

勾玉には紐《ひも》が通してあって、首飾りにしか見えなかった。

『少し歩きましょう。梅を見たいわ』

母があえて話題を変えたことに迅は気付かなかった。一緒に散歩する方が絶対楽しい。

都から少し離れたこの場所は遠くに山を望み、少し行くと湖がある。そこには水の神宮があった。年に一度だけ参拝を許されている。去年、迅と同じくらいの歳《とし》の女の子が巫女としてやってきた。

一目見て幼心がときめくほど、愛らしい巫女だった。

挨拶《あいさつ》を交わすことだけは許されたけれど、もっと話してみたかった。

屋敷の外にはあまり出られない。許可なく出ていいのはすぐそこの梅林まで。だから今が一番いい季節だった。

母が手を繋ごうとしたが、子供はじっとしていられない。すぐさま駈けだしていった。

小高い丘へ登れば遠くまで見える。

『母様、とても綺麗』

先に行った迅は飛び跳ねた。いつだって飛びだしたくて仕方なかった。塀の外には無限の世界が広がっている。

『本当に綺麗ね』

紅《あか》い花、白い花。薄紅の花。香り豊かに咲いていた。百を超える梅の木が植えられているのは、父である孝穂皇子《たかほのおうじ》の心遣いだという。軟禁に近い状態で置かれている母と子を慰めるためだ。

今年もまた浅い春を楽しむ。

母が楽しそうだと迅も嬉しかった。花々の下を歩けば、母はまるで梅の精のようだった。楚々《そそ》としてたおやか。向こうが透けて見えるような儚《はかな》さがあった。

人ではない――母がそう思われたのはその姿形のためだっただろう。他のイノリなど知らないが、そういうものなのか。

『いい匂《にお》い』

『わたくしはなんて幸せなのでしょう……我が子がいて、香りと花に満たされて。どうか、このまま……どうか』

母は梅の木に手のひらをつけた。

祈っているのだ。心から祈りを捧《ささ》げている。イノリと呼ばれるくらいだ、母の祈りには特別なものがあるに違いない。

(私はもっと遠くに行ってみたい。もっと人と出会いたい)

迅も梅の木に祈りを込めて触れた。ひっそりと箱庭に暮らす幼子の、たわいもない希望だった。

こんな願いをかけてしまったことを迅は後悔することになる。

今、何かの木に触れて迅は思いだしていた。

あんなことを祈らなければよかった。胸の中でずっと苛《さいな》まれてきた。まるで自分が母を殺したような気すらしていた。

伊与まで犠牲にして、自分はただ存在するだけで誰かを死なせてしまうのだろうか。

懐から取りだし、もう一度母の勾玉を見つめた。触れると艶やかで冷たく、石の囁《ささや》きが頭の中で音になるようだった。

(私に力をください)

誰かのためになりたい。

今まで生かしてくれたこの島のために何ができるのか。

山が燃えている。地面はまだかすかに震えていた。青い空と黒い煙の対比が恐ろしかった。まるで島が終わるかのようだ。

「あの噴煙から雨が降れば……」

そう思った。雨だ、大雨が降れば鎮火するのではないか。

勾玉が震えているのか、それを持つこの手が震えているのか。細かな震動がぴりぴりと伝わってきて、胸を熱くする。

「私に何が」

噴煙は雨雲ではない。

雨を蓄えた雲が山を潤してくれたなら。

「……琉貴雲だ」

海峡に重く蓋《ふた》をし、陰鬱《いんうつ》な眺めしか見せないあの雲が動けば。

迅は勾玉を握りしめ駈けだしていた。東へ、本当なら広土が見えるあの岬へ。琉貴姫はそれをやり遂げた。

『災神などではない、わたしがこの島を守る』

琉貴姫の叫びが聞こえてくるようだった。

勾玉を持って、力の限り雲を呼んだのだ。燃え盛る山を鎮めるために。それが愛情でなくてなんなのか。

城の中で静かに暮らしていた若い后は、誰に止められようとも、足がもつれようとも、覚悟を決めてこうして一人走った。

この島を、夫を、ただ守りたかったに違いない。

周りがろくに知らなかったとしても、その力を持った姫だった。迅の母のように、なるべく力を使わずに生きてきたのだ。

雨雲が山へと動き、激しい雨で業火を鎮めていくのを安堵《あんど》して眺めた。夫と島を守れたことを心から誇りに思って。

(そして琉貴姫はきっと——)

力尽きて落ちてしまったのだろう。

それがきっとイノリ。その身を削っても守る力を得た者。この勾玉はイノリだけのお守り。眺めては戒めとなり、触れては力を高める。

迅は集落に入った。

女の子が全速力で走っている様子に島の者は驚いたようだが、四つ耳にしてあったこともあり不審に思われることはなかった。

「じ……まのっ」

荷車に物資を積んでいたなぎが驚いて駆け寄ってきた。

「どうした」

「やってみる。琉貴姫のように」

「琉貴姫だと。待て」

琉貴姫は岬から落ちて死んだ。なぎも慌てただろう、追いかけてくる。

「呪《のろ》いなんかじゃない。祈りだったんだよ。琉貴姫はただ島を守りたかったんだ。いいから見ていて。私のやることを」

走りながら話すのはきつかった。止まればもう走れないかもしれない。説明している余裕はなかった。

「わかった。行こう、あの岬に」

なぎは深くは訊かなかった。迅にはできることがある。それに気付いたのだ。迅のあとを黙って追いかける。

山から木々が燃える臭いがしてくる。鳥が集団になってどこかへ移動するのが見える。

琉貴姫はきっと耐えがたい孤独を抱えてこの島に来ただろう。それは誰よりもわかるつもりだ。

蛮族だと教えられていたと思う。

本当にこの島の災いになることを望まれて、帝に送り込まれたのかもしれない。

だとしても人の心は変わる。琉貴姫がなぎやその曾祖母のような人たちと出会ったなら、同じ気持ちでいられるはずがない。

琉貴姫があんなふうに山が燃えているのを見たなら。

わかるのだ、イノリには。自分が祈ることで何かが変わることが。

母の勾玉と同じものを持っていた。母は我が子を守るときだけ、身につけた。琉貴姫も勾玉を持って岬に走った。つまり、彼女もイノリだったのだ。

イノリがかつては殺されていたというのが本当なら、琉貴姫も当然隠していただろう。瞳《ひとみ》の色さえ人と違っていなければ知られずに済んだはずだ。

(……私のように)

今ならわかる。私もイノリだ。

迅は岬に出た。絶望岬と呼ばれた忌まわしい場所。厚く垂れ込めた雲がこれほど頼もしく見えようとは。

この勾玉は、見て心を落ち着かせ、握りしめ、心から祈ったなら自然を動かす。強すぎるゆえに身につけることはできない。

迅は岬の先端に立った。

海峡を陰鬱にする厚い雲。航海を不安にさせ、陸地も見せてくれない雲は奥見島の盾となっていたのかもしれない。

いつも晴れて穏やかな海だったなら、朝廷は容易に兵を送れただろう。この雲こそが島の人々と特有の文化を守ってきたのだ。

「今こそっ」

迅は雲を呼んだ。

今このとき、島を救うのはあの雲だ。天の恵みの雨を蓄え、滅多にそこから動くことのない奇跡の雲。

迅が初めてここに立ったとき、一瞬晴れ渡った。勾玉はなくとも迅にはそれだけの力があった。今度は雲をあの山へ動かす。山は島の命を支えているのだ。炎を止めてみせる。

正式な祈禱の文言など知らない。ただ真摯《しんし》な祈りを捧げるだけだった。

雲よ、動きたまえ。山の火を消したまえ、民を守りたまえ――体中の血が沸き、血管が顔まで青く浮き上がってくるのを感じていた。

五感のすべてが一点に集中したとき、雲が動いた。

目に見える速さでこちらへ向かってくる。上空を通ったのはわずかな時間だったが、迅の全身は滴るほど濡《ぬ》れていた。雲はそれほどの雨を運んできたのだ。

意志を持ったように山へと向かう。

「やった……」

燃え盛る山に激しい雨が注がれた。

その雨は一刻の間降り続き、業火のごとく燃え広がっていた炎をほぼ鎮火させた。そして役目を果たしたとばかりに、雲は空に散っていく。

「迅っ、やったな」

なぎが駈け寄ってくる。

だがもう、立っていられなかった。まるで抜け殻になったように体が傾いていく。

こういうことだったのだろう。琉貴姫は自害したのではなかった。殺されたわけでもない。ただ力尽きたのだ。

海へと倒れてしまっただけだった……。

琉貴姫にとって悲劇ではなかったはずだ。燃えていた山が鎮まるのを眺めて、愛する人の無事を確信して、安堵して落ちていったに違いない。

(今、私がそうであるように)

背中から落ちていく。

まだ未練があるように腕だけは前に伸ばしていた。その手を駈けてきたなぎがしっかりと摑んだ。

「行くな」

引っ張り上げようとしたなぎもまた、小柄な体では支えきれず、引きずられていく。

「なぎ、放して」

「いやだ」

二人揃《そろ》って海に落ちようとしていたとき、なぎの体を後ろから摑んだ者がいた。

「だから考えてから動けとあれほど」

わたりの声だった。

若い男が踏ん張ったことで落ちていくのを食い止めることはできたが、引きずり上げるにはまだ足りなかった。

「何、どうなっているの、これ」

駆けつけたふちかがわたりの帯を引っ張った。

「手を離すなよ！」

しぎの声がして、迅は引っ張り上げられた。危険のないところまでしぎに引きずられ、崖の上に横たわった。

「間抜けな連中だな」

辛辣《しんらつ》に言い放つと、しぎが人のような形をしたものを海へと落とした。

「それは……？」

「藁《わら》と襤褸《ぼろ》布でこしらえた人形だ。これで流人の皇子はとりあえず死んだ」

崖の下、遠く向こうに何人かの人の姿があった。どうすることもできず、この光景を驚いて見ていたのだろう。これで、人らしきものが落ちたという証言は得られる。

「あとはおまえたちが、頭に耳のない少女が落ちたと言っておけばよかろう。助けようとしたが、だめだったとな」

「……兄者はそれでいいのか」

なぎは立ち上がった。

「今となっては島の恩人だ。恩人を帝に差しだすわけにもいくまい。借りは作りたくないのでな。何より迅衛皇子が自分で死んだのなら、帝にとっても都合が良かろう。この海からは死体が上がらない。島の者が知らない誰かが落ちたと言ったところで、仮に後の世に皇子が現れたとしても責任はない」

「あくまで島は何も知らなかったというわけか」

わたりがちらりとしぎを見て笑った。

「そうだ。だから俺のことも言うな。見かけても声をかけるな。奴《やつ》らは事の次第を知る刺客が死んでくれた方がありがたいはずだ。俺も姿を消す」

「でも、皇子をどうするよ。島の外にも出せないのに」

呆然《ぼうぜん》と聞いていた迅も肯いた。わたりの懸念は当然だった。ここまでしてもらって助けられても、先が見えない。

「もうじき船が来る。深殿の使者が巫女を迎えに来るというわけだ。俺もそれに乗って帰るが、諸々《もろもろ》どうするかはなぎに考えがあるだろう。覚悟があるとみた。では誰かに見つかる前に消えることにする」

立ち去ろうとしたしぎの腕にふちかがしがみついた。

「待って、なんで帰るの。意味がわからない。せっかく会えたのに」

「いいから放せ。このことは人に話すな」

「言わない、言わないからまた来て。ずっと待ってるから。わたしはしぎがいいの」

せっかく会えたのに、ここで簡単に逃がすわけにはいかないらしく、ふちかが食い下がる。面食らっていたしぎだが、苦笑するとふちかの頰を撫《な》でた。

「またな」

しぎは脇《わき》に迂回《うかい》して崖を駈け下りていった。

「ねえ、またなって言ったわよ。言ったわよね」

顔を赤くして興奮するふちかを手で制し、なぎは迅の手を取った。

「本当に船が見えてきた。時間がない。動けるか、うちに来て着替えてくれ」

「え……？」

迅は顔を上げた。

「わたしには策がある」

「ちょっと、説明して。何がどうなってるの。その子は誰よ。雲を動かしたんじゃないの？」

置いていかれそうになり、ふちかが慌ててついてきた。

「詳しいことはわたりに訊いてくれ。ありがとう、ふちか姉《ねえ》。もっと、頼むことがあるけど――わたり、あとは頼む」

なぎがぺこりと二人に頭を下げる。

わけがわからないまま迅は集落へ連れていかれた。


なぎは晴れ晴れとしていた。

空はぐるりと青い。あの東の空まで晴れ渡っているのだ。

「山はどうだ、島長」

急なことに戸惑っていた島長のどうごに訊ねた。

「火は全部消えた。とんでもない雨だったからな」

山を眺めながら、どうごは首を傾げる。鎮火したことに安堵できても、何故突然大雨が降ったのか釈然としないものがあったのだろう。

「それはよかった」

「山肌が崩れたところもあるから、後始末はかかるだろうけど助かったよ。とんでもないことが続いてわけがわからん。なぎは全部知っているのではないか」

「あとでわたりに聞いてくれ」

島長にだけは隠さない方がいいのかもしれない。その判断がつかなかった。面倒なことはわたりに任せる。

「それはいいが、わたりと話しているあの子供は誰だ」

船のすぐ脇、桟橋の端でわたりと頭に薄衣《うすぎぬ》をかぶった少女が立っていた。山火事の対策からすぐに呼び戻され釈然としない様子の島長に、まあまあとあさぎが話しかける。

「どこかの今世神《いまよがみ》のおかげだよ、ありがたいねえ」

「今世神？　いったいどういうことなんだ。流人の姫がついさっき岬から落ちて死んだというのは本当なのか」

「いいから、いいから。なぎには時間がないんだよ。あんたと話している場合じゃない。ご覧、深殿の女使者が早く発《た》ちたくていらいらしている」

朝廷御用船の甲板では獣の巫女を迎えに来た浦上《うらがみ》が、早くしろとばかりにこちらを睨《にら》みつけていた。

巫女を船旅で迎えに来ておいて、その日のうちにとんぼ返りをしようという方が無茶な気はするが、心変わりされないうちにということらしい。ましてやまた噴火など起きては面倒なことになる。珍しく晴れている海峡の空は航海日和《びより》だ。

したがって東の船着き場でのんびり別れを惜しむこともできない。旅立つ巫女としては忙《せわ》しないことこのうえないが、このどさくさこそなぎの望むところだった。

「話しておきたいことがあるんだろ、ほらお行き」

あさぎに背中を押され、なぎはふちかのところへ行った。

「ふちか姉、留守の間神宮を頼む。あと、ばっちゃのことも」

「いいけど……なんだか急すぎて。帝に呼ばれるなんてどういうことよ。島がこんな大変なときに」

　ふちかもまた突然のことに困惑していた。

「いろいろすまない。でも、巫女代なら交わり月を遅らせて、ゆっくり兄者を待つこともできるぞ」

「あ、そうね。そうよね。だけど、ほんとに待ってても大丈夫？」

　それを訊かれると、なぎも絶対の自信はなかった。何しろあの兄だ。どこまで本気で言ったことやらわからない。

「ごめん、そこまでは。待つも待たないも好きにしてくれ」

「何よそれ。まあいいわ、しぎは颪みたいな男だものね、そこがいいんだし。もう船の中なんでしょ。しぎってばあさぎ様にも会わないなんて水くさい」

「この島に来ていないことになっているから、そこは仕方がない」

　しぎは生き残った門番として広土に戻る。それが建て前だった。すでに船底で仮眠でも取っているだろう。

「なぎも随分大胆なこと考えたものねえ。わたりに聞いてびっくりしちゃった。ほらほら、船出の前にわたりにも別れの一言言ってあげなさいよ。あいつがいなかったら、今頃なぎだって海に落ちてたわよ」

　確かにそろそろ船に乗り込んだ方がいいようだ。浦上がこめかみをぴくつかせて待っているように見える。

　なぎはあさぎに一度手を上げると、まっすぐにわたりのところへ行った。

「世話になったな」

　わたりには父親である島長を納得させてもらわなければならない。このたびのこと、島長の胸ひとつに収めてもらうのだ。そのうえで琉貴姫の名誉もゆっくり回復させてもらう。

「行ってきな。山猫も少しは垢抜《あかぬ》けるだろうよ」

「そうだな、そのときはもう小娘扱いはさせん」

　なぎはふっと笑ってみせると、わたりの隣にいた少女の肩に手を置いた。

「参るぞ、まの」

　頭から薄衣をかぶった少女はこくりと肯く。

「はい、巫女様」

　二人は桟橋から船に乗った。

　巫女のお付きの世話係として迅は船に乗るのだ。誰憚《はばか》ることなく、堂々と海の向こうに渡る。

「別れを惜しまれていたようですが、出航しますよ」

近づいてきた浦上に言われた。お付きの少女を特に気にする様子はない。

「かまいません。船を出してください」

「それはようございました。また噴火などされては大変ですから。こんなに晴れていることもありませんし、急ぎましょう。しかし、お付きは一人でよろしいのですか」

再び確認してくる。むしろたった一人でいいのかと訊ねられたくらいだった。他の巫女は数人従えてくるのかもしれない。

「まの一人でいい」

頭に獣の耳はつけているが、さらに不審に思われないよう被《かつぎ》をかぶらせた。なぎが持っていた着物の中でも一番娘らしい色合いのものを迅に着せ、髪も整え薄化粧もさせた。どこから見ても見目の良い奥見族の少女だった。

「さようですか。それでは船出の指示をしてまいります。招聘《しょうへい》に応じていただき嬉しゅうございます。帝は獣の巫女様のお越しをお待ちですよ」

一仕事終えたというように機嫌よく浦上は船頭のもとへ向かった。

なぎと迅は手すりの前に並んで島を見送る。船着き場に集まった者は少ない。多くは山火事の後始末に向かっている。

山からはまだ煙が見えるが、以前より少なく思えた。吐きだすだけ吐きだしたのかもしれない。もちろん、まだ油断はできない。

「向こうに着いたらすぐに兄者と姿を消せ」

「うん……でも、お付きの女童《めのわらわ》がいなくなったら騒ぎにならない？」

「わたしが傭兵で広土に来ている兄への手紙を託したと言っておく。兄者が広土で傭兵をやっているのは事実だからおかしなことではない。刺客になって今同じ船にいるなど、わたしは何も知らないことになっている。迅衛皇子の顔を知る者も朝廷にいない」

前の門番はおそらく殺されているとしぎが言っていた。

〈流人の姫〉に関することが漏れないため。つまり口封じだ。しぎが帝を見限ったのもそのためだろう。鳥を依り代としたイノリから事情を文《ふみ》で知らされたらしい。当然、今度はしぎも命を狙《ねら》われる。

（兄者は帝よりそのイノリを信じている）

船の舳先《へさき》に鳥が一羽《わ》留まっていた。

帝のそばにいるが、決して言いなりになる気のない存在だという。すべてを見届けるイノリだ。その者の目的はわからないが、今は助かった。

「先のことはわからないが、奥見島にいるわけにいかないのだからこれしかない。勝手に決めてしまって悪かったな」

「ううん。ただ、なぎを帝の下《もと》に行かせることになってしまった。それが心配で……ごめんなさい」

島の向こう、西側は夕焼けに染まっているようだ。一日でいろんなことがあった。今ならわかることも多い。

「きっと今夜は夢を見る。わたしが神獣になって駈けている夢だ。以前見たときは岬から引き返した。飛ぶのが怖かったからだ。だが、今夜は違う。わたしは岬から飛び、新たな場所に行く夢を見る。あれはそういう意味だった。獣の神が畏れずに海へ飛べと言ったのだ」

迅は驚いてなぎを見つめた。

「古《いにしえ》の神々はすでに役目を終え、直接今世に関わることをしない。だからイノリがいるんだと思う。遠い先祖の力を今に受け継ぐのがイノリだったのだろう。迅が我らを助けた。報いることができたなら、わたしは巫女になってよかった」

「ありがとう……なぎ」

迅は手の甲で涙を拭《ぬぐ》った。

「それに帝に言いたいこともあるからな。年貢を減らしてもらうために奥見島の窮状を訴えねばならん。直接会えるならそれも可能だろう」

「帝に直接言うの？」

濡れた目を丸くする。

「おうよ。それがわたしの目当てだ。帝のためには祈ってやらないが、この島と迅のためならいくらでも祈るぞ」

なぎは遠くなる奥見島に大きく手を振った。

本当に戻ってくることができるのかはわからない。陰謀渦巻くどす黒いところへ行くのだから、危ないに決まっている。

「海を越えたら別れだが、それぞれの務めを果たそう。いつかまた会える」

「そのときは私ももっと大人になってる。見違えるくらい」

頼もしい子供の姿になぎはうんと肯いた。

「明日には琉貴雲が戻っているだろう。あの雲には意味がある。この空も見納めだ」

奥見島が夕焼けに浮かび、遠く小さくなっていった。

船は、見知らぬ世界を目指していた。

終

一年と少し。

わたしはけっこう幸せだった。

獣の王に嫁いだというのに、満ち足りていた。

あの方は優しく、賢明だった。ただ不運だっただけ。王の力が落ちて、朝廷の横やりで立ち行かなくなってから、即位せねばならなかった。

奥見族が守られるなら王はいなくてもよい――そう言っていた。

わたしに課せられた責務をすべて打ち明けて尚《なお》、王はわたしを愛してくれた。奥見族を弱体化させるための帝の刺客ともいうべきこのわたしを。

琉貴姫は未《いま》だ島の者に愛されてはいない。

朝廷が難癖をつけるために送り込んだ姫だと知っている。

それでもわたしはこの島が好きだった。人も獣も。獣同士が戦い、その肉を喰《く》らう。この単純な原理に魅せられた。利権を奪い合い、落とし落とされる世とは違っていた。

島の中央に雄々しくそびえる炎山《えんざん》。その裾野《すその》に人々は暮らす。獣のような耳は大気の揺らぎまで感じ、よく見えるその目は獣の動きを捉《とら》える。

わたしは王とこの島に力を捧げよう。

あの雲を動かし、燃える山に雨をもたらすのだ。

今、炎山はその名のとおり燃えていた。長らく雨が降らず乾燥した日が続いたところに、火がついてしまった。

王は自ら近くの民を逃がすために山へ向かい、丸一日消息が摑めない。

先のことはわからない。けれど、今わたしは岬に立つ。大切な勾玉を握りしめ、あの憂《ゆう》鬱《うつ》な雲に祈りを捧げる。

(雲よ、そこから動き、山の火を消して)

それだけを念じた。

イノリとして生まれたことをこれほど誇らしく思える日が来ようとは。

崇るものではない。もたらすものだ。

わたしは雲が動き、山に雨を降らすのを見た。負け惜しみなんかじゃない。本当に幸せだった。

立っていることができず、わたしは海に落ちる。青空の向こうに広土が見えた。こんなふうに死んだら自害と思われるかもしれない。それが朝廷に利用されるだろう。帝にはわたしが使命を果たしたと思われていい。
でも、島を焼きつくす炎を消してあの人を生かすためにこの身は海へ落ちていくのだ。
わたしは雲になる。
奥見島を守る、あの神守雲《かもり》になってみせる。
防壁となり、奇跡となり、何度でもこの島を守ろう。
わたしを愛してくれた人のために。そして、わたし自身のために。